姊妹开荒

天朗地黄歌苍凉

陕北民歌采风报告

施雪钧 著

上海音乐学院出版社

图书在版编目(CIP)数据

天朗地黄歌苍凉:陕北民歌采风报告/施雪钧著. —
上海:上海音乐学院出版社,2008.10
ISBN 978 - 7 - 80692 - 390 - 0

Ⅰ.天…　Ⅱ.施…　Ⅲ.报告文学 – 中国 – 当代

Ⅳ.125

中国版本图书馆 CIP 数据核字(2008)第 151899 号

书　　名:天朗地黄歌苍凉——陕北民歌采风报告
作　　者:施雪钧
责任编辑:沈庭康
特约编辑:邵奇青
装帧设计:邵奇青
出版发行:上海音乐学院出版社
地　　址:上海市汾阳路 20 号
印　　刷:上海师范大学印刷厂
开　　本:787×1092　1/18
印　　张:9.5
字　　数:120 千
版　　次:2008 年 10 月第 1 版　2008 年 10 月第 1 次印刷
印　　数:1 - 3,000 册
书　　号:ISBN 978 - 7 - 80692 - 390 - 0/I.5
定　　价:28.00 元(附 CD 一张)

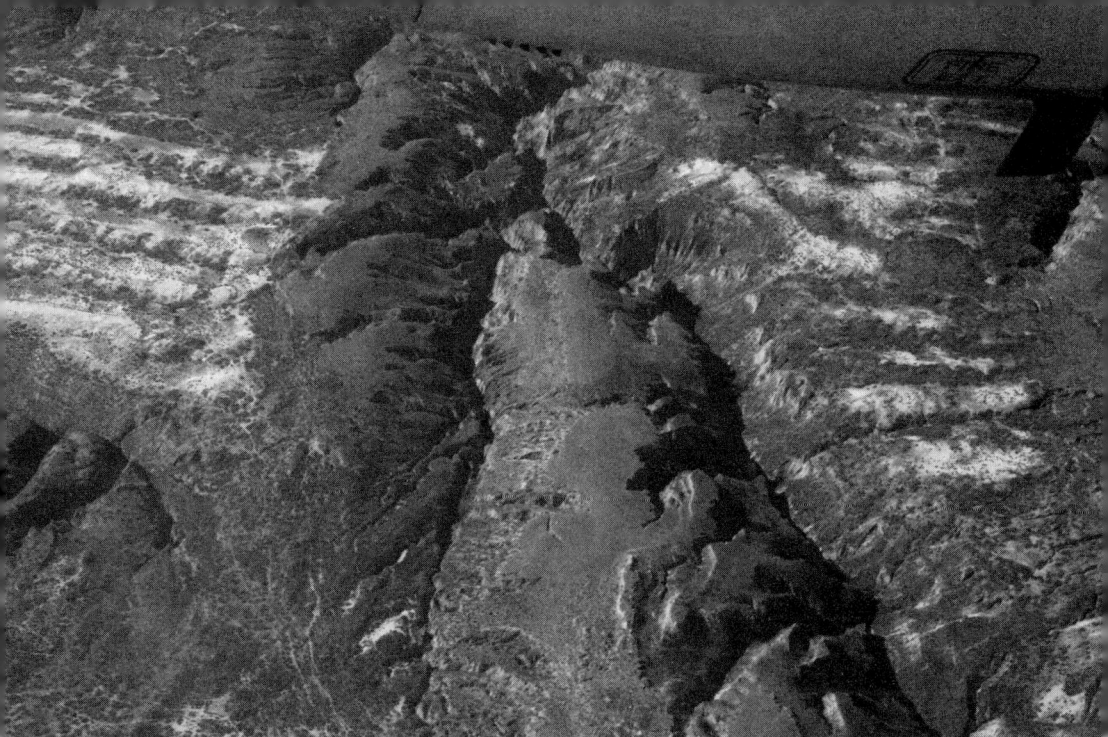

目　录

楔子　黄土地上的"思维闪电"

　　五年了,我时常想起那一瞬间产生的奇妙感觉,那个"闪电",犹似夜空中一道强闪电的弧光,瞬间将我生命中的某些东西,与这片黄土地紧密连在了一起。

　　坦率地说,我无意冲着"权威"而去。我的创作动机只是:以民歌为主线,采集一个个典型鲜活人物人生磨难的经历及成败得失;用文学的手段来讲述民歌中的故事、故事中的民歌……

飞机冲破了笼罩在西安上空的厚厚阴霾，飞向陕西北部，我俯视着窗外几千米高空下的黄土地。

初冬的一场大雪，覆盖了这片古老而神秘的土地。八百里秦川过后，陕北高原那奇特的千沟万壑便映入眼帘。碧空湛蓝，蓝得有点发青，纯净得可爱，阳光暖暖地洒向黄土地，勾勒出山南水北中的黄与白，延绵、雄浑而富有生气。

榆林哎，我又"回家"了。我不禁想起了五年前的深秋，第一次去榆林时思维中出现的奇妙"闪电"。这个奇妙的"思维闪电"，在以后竟然使我与黄土地紧密相连，并且产生出写这部书的最初萌想。

那年，我们前去神木。在高速公路边，车停了，一行人跳下车，欣喜地奔向不远处残存的明代土烽火台。我却站在沙漠中第一条高速公路边，静静地眺望远处。

古长城遗迹清晰地伸向黄沙连天的深处。夕阳西下，一片燃烧的云出现在天边，大漠孤烟，长河落日。此时，榆林的晚景，"此中有真意，欲辩已忘言"，犹如法国印象派大师莫奈笔下的一幅杰作。

面对黄昏极致的景色正在浮想联翩时，耳边飘来了苍凉的信天游：

> 背靠黄河面对天，陕北的山来山套着山。
> 东山上糜子儿西山上的谷，黄土里笑来黄土里哭。
> 抓一把黄土撒上天，信天游永世唱不完。
> ……

循着歌声望去，对面屹梁梁上的放羊汉一边赶着羊群回家，一边对天唱晚。那歌声中，有着西部特有的苍凉，像是仰天长啸的壮烈，又像是如诉如吟的絮语。那嘶哑的嗓音中，沾满了千年的黄土泥腥味。这是大自然中一幅鲜活的动感画，画中，有股磅礴而不失野性的力量扑面而来……

我被眼前陕北高原上的蓝天、黄土以及苍凉歌声迷住了。蓦然间，一个意念在脑中一闪而过，瞬间消失得无影无踪，我知道，那是意念中的一个"闪电"。

这个稍纵即逝的感觉，使我联想起音乐大师赵季平在榆林的经历。他告诉我："我从西安音乐学院毕业那年，正下乡在榆林，等待着毕业分配的消息。到了宣布那天，奇了怪了。宣布前，天空中雷鸣电闪，到了宣布时，报一个人名，就是一声炸雷，如此往复了很多次，一屋子人都惊呆了。我不知道，在人生最重要的十字路口，这意味着什么？那一阵炸雷，让我终身难忘！"

神秘的炸雷，冥冥之中或许在暗示着什么。果不其然，许多年后，赵季平"触电"了！他的第一部影片《黄土地》成了他和电影艺术的初恋，而音乐取材于陕北的那首《女儿歌》，一经演唱，竟让陈凯歌、张艺谋等一屋子人感动得全流泪。从那开始，他奇才显露，写出一部部惊人之作。而一切都与黄土地有关……

五年了，我时常想起那一瞬间产生的奇妙感觉，那个"闪电"，犹似夜空中一道强闪电的弧光，瞬间将我生命中的某些东西，与这片黄土地紧密连在了一起。

我喜欢上了黄土地，喜欢上了信天游。

这种感觉，在我以后与美国朱丽亚音乐学院钢琴教授、《纽约时报》专栏作

神木杨家将旧城遗址

作曲家赵季平

家大卫·杜巴尔谈及民间音乐时,得到了最初的答案。

这位长着雕塑般脸谱,恰似前苏联电影中"牛虻"的"山姆大叔",有一次在上海与我聊天时说:"西方工业革命后,欧洲一些国家出现了令人担心的事,那就是许多优秀文化的永远消失。现在,小农庄一个个被摧毁,民间的东西被无情抛弃,有的成了历史被放进了博物馆……

"其实,贫穷并不是一件坏事。只要那里有人性,有自己的传统,生活就是美好的。我相信,世界上很重要的中国,会继续保持着自己伟大的传统和文化固有的特征……"

这番话让我有所悟。原来,是那方黄土地、那些人、那些歌中的"人性",使我产生出对陕北高原以及黄土文化的最初向往。

机舱里静悄悄,只有巨大的引擎声在耳边轰鸣。邻座的人都恹恹入睡。我却没一点倦意,我想起了在西安与音乐学家、陕西省艺术研究所研究员刘均平有关陕北民歌的又一次长谈。

2004年,我们在榆林邂逅后竟成了忘年交。这位德高望重的音乐前辈,在半个多世纪中,踏遍青山,纵横往复于秦巴山中,汉水两岸,长城内外,黄河之滨,关中腹地,渭水侧畔,采集收录民间音乐,并埋头于音乐学研究,他对陕西音乐了如指掌。之后,又参与编撰了国家级的大部头论著,并出版了近30万字的学术专著《踏遍青山》。他走遍了陕北的山山水水,深厚的陕北之情,全浓缩在精辟论述的字里行间,这使我感动,也让我吃惊。

有一年,他看到了我发表在《文汇报》上有关陕北民歌的散文和报告文学后,非常高兴。"你那篇关于酒的文章,把酒和民歌的关系写得恰如其分,对陕北民歌当前的生存状态作了较深刻的反映。陕北民歌的生存状态和过去自娱自乐已经完全不同了,有了很强的商业色彩,你能细致地反映出来,好,我觉得很好!"刘均平说。

"一种艺术的生存,需要借助一种无形的推力,推着它往前走。现在为什么很多戏曲门庭冷落要抢救?原因在于没有听众,关键还在于它缺少像陕北民歌那样的民间推力。"刘均平一语点破了问题的实质。

"我以为,陕北民歌中最精彩的东西,是贫困产生出的苍茫、悲凉、激越、深沉的情怀。它在漫长的历史长河中流淌，漂去了一切浮泛粗浅的渣滓，留下了纯金般发光的精品，折射出社会生活的悲欢苦乐。你注意到没有，传统的信天游，大多倾吐着社会最底层民众的苦情、离情和恋情：

老羊皮袄顶铺盖，光景迫下咱走口外。

十冬腊月数九天，光脊脊背碳实可怜。

一钵钵沙蒿它随风风走，受苦的人儿遍地地游。

西北风顶住个上水船，破衣烂衫我跑河滩。

……

茄子开花结了个紫洋缎，嫩豆芽配了个死老汉。

鸡蛋壳壳点灯半炕炕明，酒盅盅量米不嫌哥哥穷。

……

"你看，它的歌词与中国文学史上其他诗歌相比，确实不一样。我觉得很神奇。再比如有些酒曲，有客套话，但有些酒曲，就是一篇文学成品。你看酒曲中的《拆字贯成句令》：

品字三个口，
水酉字成酒，
字成酒，口口口，

刘均平先生　邵奇青　摄

刘均平音乐文集《踏遍青山》

榆林古烽火台　邵奇青　摄

劝君更进一杯酒。

晶字三个日,
十且字成直,
字成直,日日日,
自古圣贤孤且直。

犇字三个牛,
秋心字成愁,
字成愁,牛牛牛,
醉时欢乐醒时愁。

"这已经不像生活的娱乐,对仗押韵,富有情趣,已是文学成品。还有榆林小曲,始终流传在榆林城里,一出榆林,就没有人会唱,而且现在年轻人中会的也不多。

"陕北民歌中最精彩的东西,正像你所说的,有一种原始的'野、真、辣、朴、酸'在里面。作家高建群在《陕北论》中对此作了很深刻的分析。他认为:儒家思想对陕北几乎没有什么影响,这个地方始终保持着它淳朴的民俗、民风和独特文化。这是一个有趣的现象。"

这位父辈一样的音乐学家告诫我:"我在以往长期采风中,偏重了对音乐本体的收集,而对相关的人文背景,当时缺乏认识,这如同采集了大量的鲜花,忽视了护花的春泥。其后果是我丧失了时间,原本当时可以留存下更多的资料,却无可挽回地流逝了。这造成了遗憾,许多杰出的民间艺人,在我向他们学习请教时,恰值技艺精湛之年,而等我再次到田野寻访这些故友时,却发现他们中的大多数已永远离我们而去⋯⋯"

我感觉出了他的话语中有一丝遗憾。这个遗憾,让我感觉到了什么。

这位治学严谨的音乐学家,在他著书立说的二十多年间,每一篇文章都精雕细刻。书中所用例证,大多系自采,史料翔实,行文字斟句酌,立论朴实严谨,毫无哗众取宠之心,为后人留下了研究民歌的宝贵著述。感动我的事还在发生。当老人得知我有写陕北民歌的报告文学意念后,他从自己藏书中取下厚厚一摞有价值的书，拄着拐杖上了邮局，用特快专递给远在上海的我寄来。当我看到那苍劲、工整的笔迹时，内心充满着感激。

没多久，他又打电话告诉我："你的文章，我都在网上拜读了，我很喜欢！"这让我受宠若惊，前辈和长者称拜读，我有些诚惶诚恐，然而细一想，这分明是对后生的一种期待以及最高形式的勉励，是一代老音乐学家对陕北民歌研究的另一种嘱托……

我终于明白了音乐前辈刘均平"遗憾"的深刻含义。

几十年来，许多音乐家、音乐学家常年跋涉在陕北大地上，进行了大量挖掘、整理、收集、采录民间音乐以及考证音乐文史等工作。有关陕北民歌的研究，涉及各个方面，且卷轶浩繁，为后人留下了丰富的史料和可供借鉴的财富。如果说有遗憾，正如他所说："采集了大量的鲜花，忽视了护花的春泥。"可这并不是音乐家的责任，因为音乐家和作家的作用不同，音乐家注重音乐的本身，作家则注重于文学思维的创作。

难能可贵的是，老音乐家却把这看成己任，他率先表以"遗憾"，在坦诚地说出了他留有"遗憾"的同时又为后人指明了一条研究之路。

诞生于陕北这块土地上的民歌，除了用音乐理论诠释之外，它涉及到历史、人文、自然环境等诸多因素。民歌研究

《最后一个匈奴》的作者高建群

放歌黄土　田捷　摄

榆林世纪广场　邵奇青　摄

专家乔建中曾感慨:在陕北民歌研究方面,迄今为止还没有出现音乐与文学结合得比较好的权威书著。

正是由于刘均平老人的点拨,我最初开始萌生了写作报告文学的意念,之后几年中又在脑海中不断发酵。而乔建中先生的话又深深地刺激了我,于是才下定决心,着手写作。

坦率地说,我无意冲着"权威"而去。我的创作动机只是:以民歌为主线,采集一个个典型鲜活人物人生磨难的经历及成败得失;用文学的手段来讲述民歌中的故事、故事中的民歌。我无意再去重复前辈们已经研究出的诸多音乐及音乐学方面的成果。它将完全不同于音乐专著,而是试图从陕北高原的历史人文、地理环境、固有文化传统以及产生在那方黄土地上的民间音乐中,去寻找感人至深的、有着非常人性的东西,以及蕴藏在民歌背后的那些唯美。

这也就是我写这部报告文学的动机和原因……

第一章　风神与缪斯女神的杰作

埃特加·斯诺曾经望着这陕北拥拥挤挤的黄土山峁，感慨它是风神的杰作，是抽象派画家的胡涂乱抹，他悲哀地说：人类能在这样恶劣的自然条件下生存，简直是一种奇迹。

或许，哲学家们需要用很长一些时间来寻找答案，也使我鬼使神差般地一次次走进榆林。

这块苦难深重的土地，即便在生存条件极其恶劣的环境下，在兵荒马乱的年代，它也不失淳朴人性的光辉。

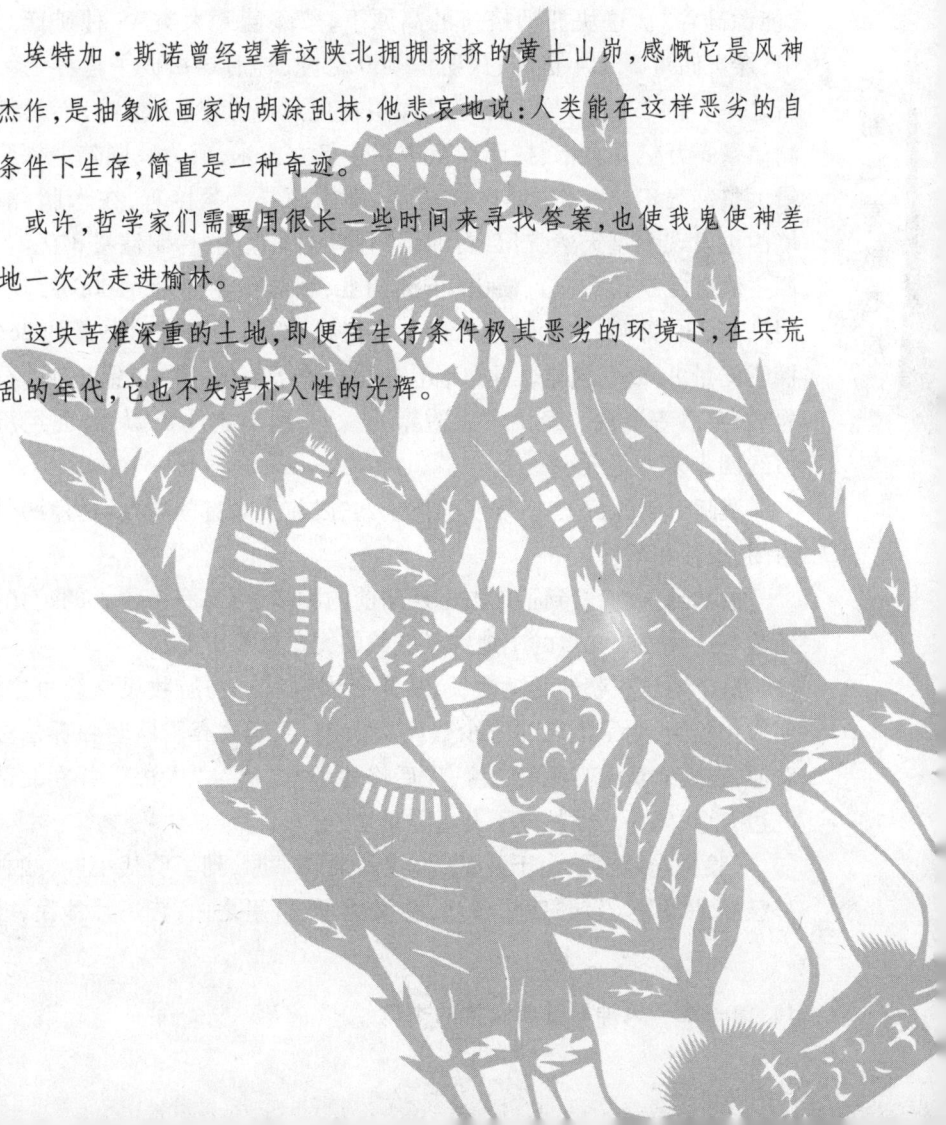

第一节

　　飞机开始下降了。榆林城清晰地再现眼前。从高空往下看,榆林南部沟壑纵横,北部沙漠延绵。整个榆林城,坐落在中国三大沙尘暴风源地毛乌素沙漠的边缘。现在,它成了一片生命的绿洲。

　　陕北高原在经历了千年苦难后,终于有一天,上苍开眼了。

　　上世纪 80 年代中期,地质学家在勘探中突然发现了一个惊天的"能源硅谷"。这块拥拥挤挤的高原下,蕴藏着 8 大类 48 种矿产。其中,煤炭储量 2,714 亿吨,探明 1,660 亿吨,神府煤田成了世界七大煤田之一。新千年后,吴堡境内又探明特优焦煤储量 15 亿吨;天然气预测储量 5 万亿立方米,探明储量 7,474 亿立方米,成为我国陆上探明的最大整装气田,气源主储区在靖边、横山两县。紧接着,在米脂、清涧境内也发现大型天然气田,石油预测储量 11 亿吨,探明储量 3 亿吨,油源主储区在定边、靖边、横山、子洲四县;湖盐预测储量 6,000 万吨,探明储量 330 万吨;岩盐预测储量 6 万亿吨,约占全国岩盐总量的 26%,探明储量 8,854 亿吨。此外,还有比较丰富的高岭土、铝土矿、石灰岩、石英砂等资源。经济学家估算了一下,地下这些资源,潜在经济价值约四十多万亿元……

　　沉睡千年的黄土地,现在苏醒了,它以前所未有的速度,迅速跨越了封闭、愚昧和落后。

　　榆林哟,人们看到了你那迅疾向前的脚步,可又有多少人的记忆中,还装有这块苦难深重的土地曾经盛载的无比沉重历史?

　　这个历代王朝的北陲边关,从来是农耕汉户与游牧民族纷争之地。明成化年间,为了抵御北方少数民族南进,朝廷放弃了河套和鄂尔多斯草原,在陕北黄土高原的边缘,先后修建了"二边"、"大边",并在北部设九边,重兵防守。榆林成了九边重镇之一。

　　《榆林志》记载:由于开垦、滥牧和焚烧草原,到了明代中叶,榆林城外已经是"积沙及城,四望黄沙,弥漫无际,百里之内,皆一片沙漠,寸草不长,不产五谷,猝遇大风,即有一二可耕之地,曾不终期,尽为沙迹,疆界茫然……"

这是一幅如何的"景致"?

高建群说:"埃特加·斯诺曾经望着这陕北拥拥挤挤的黄土山峁,感慨它是风神的杰作,是抽象派画家的胡涂乱抹,他悲哀地说:人类能在这样恶劣的自然条件下生存,简直是一种奇迹。"

半个多世纪过去了。今日陕北,已经发生了不可思议的变化。可令人百思不得其解的是,伟大先民中的能工巧匠们,是如何在沙海中建立起一个生存了几千年的家园,并打下现代化楼房的牢固地基的?这块曾经是最荒蛮、最封闭的土地,是如何形成独特的醉人的黄土文化的?这块中国最贫瘠的、面积七八万平方公里的土地,又是如何孕育了中国革命的"星星之火",催生出一个伟大的新政权?或许,哲学家们需要用很长一些时间来寻找答案,也使我鬼使神差般地一次次走进榆林。

这块苦难深重的土地,即便在生存条件极其恶劣的环境下,在兵荒马乱的年代,它也不失淳朴人性的光辉。

在《东方红》的故乡佳县,我曾翻阅县志,有段记载深深地打动了我:1947年,毛泽东转战陕北时,中央机关在佳县的一百个日日夜夜里,本来生活十分艰难的佳县人民,为了支援革命战争,不惜

露天煤矿

油气勘探

山地草场

牺牲一切，把自己的优秀儿女送到前线，拿出最好的保命口粮给军队吃，腾出最宽敞的窑洞让子弟兵住。

党中央机关在朱官寨时，毛泽东三次召见佳县县委书记张俊贤共商国事。一次，沙家店战役刚刚结束，毛主席找来张俊贤问："再打一仗，坚持一个星期到十天，粮食够用不够？"其实，毛泽东哪里知道，老百姓已经将地里未成熟的庄稼也收了回来，放在锅里烘干后送到前线去了。但是，张俊贤仍坚定地说："够，我们还有两仓库粮食，老百姓家里还可以动员一些。要是粮食吃完了，全县还有一万多头羊，羊吃完了，还有两千多头驴和牛可以杀了吃，说什么也要把战争支持下去。"毛泽东听说要杀驴杀牛，心情十分沉重。张俊贤说："土改前，咱穷人那来牛和驴，种地全靠一把老镢头！只要能把胡宗南消灭掉，佳县人民就是有天大的困难也保证把明年的生产搞好！"毛泽东听后感动得热泪盈眶，他深情地说："多好的人民啊！"

这个"闹红"的摇篮，鲜血浸透了穷山恶石。据考，榆林在第一次国内革命战争期间，有两万多人为国捐躯。仅清涧一县享有"烈士"称号的就有两千多人，在全国仅次于江西瑞金。到了全国解放时，榆林拥有革命烈士称号的，就有八千多人……

陕北作家路遥说："每次走近你，就是走近母亲。你的一切都让人感到亲切和踏实。内心不由泛起一缕希望的光芒……那是一块进行人生禅悟的净土。每当面临命运的重大抉择，尤其是面临生活和精神的严重危机时，我会不由自主地走向毛乌素沙漠。"

大自然的壮观给予人从未有过的壮丽体验。黄土高坡犹似一口老井，井深数百米，水贵似甘露。滋养了多少文学家、音乐家、政治家？

北宋政治家、文学家范仲淹当年镇守陕北抗击西夏时，挥笔作下《麟州·秋词·调寄渔家傲》：

塞下秋来风景异，
衡阳雁去无留意。
四面边声连角起。
千障里，
长烟落日孤城闭。

浊酒一杯家万里，
燕然未勒归无计。
羌管悠悠霜满地。
人不寐，
将军白发征夫泪。

到了抗战时期，老舍先生随全国慰劳总会战地慰劳团北上来到榆林后，他为这块土地的壮丽而着迷，写下了散文《绿树清泉的榆林》，记载了他的留恋。

还有当年深入陕甘宁边区的大批都市文艺家们，在这块土地上吸取了多少养料后写出了震憾人心的不朽之作。

当我十数次走进这片土地后，我在不知不觉中已被改变。

我已经将自己称为"新陕北人"。因为那里的人民，是一个淳朴的整体。那里的语言，我感觉亲切，丝毫不觉陌生，尽管有着浓重鼻音的榆林话难以完全听懂，可还是喜欢听，那是耳熟乡音。

当我贪婪地吃着"烩菜"时，我更感觉自己是榆林人了。当一大盆有着酸菜、粉条、洋芋、茄子、肉片等杂烩烧成的菜端上桌时，让我眼馋；还有"桃花水"做成的豆腐，加上菠菜成了榆林的名菜，鲜美可口；还有，黄土地上仍还未褪尽的贫瘠，却能令我无限留恋。那奇特地貌构成的沟壑峁梁、川道、碛畔，以及河滩的上歪脖子枣树，鬼使神差般一次次地催我"回家"，那片神秘而古老的土地，仿佛对我有着特殊磁场效应，有时候，一句信

历史的脚步

毛泽东在吴堡乘船东渡黄河离开陕北

转战陕北

天游歌词,或者不经意间听到的一个故事,常常让我有所顿悟,灵感飘忽而来。

　　正在低头沉思时,猛然间,飞机滑向了跑道……

天朗地黄歌苍凉

第二节

我的思绪,在厚厚的《榆林志》前渐渐凝固,心中升腾起一种悲凉。

这块苦难之地,信天游中所唱的《穷人好命苦》、《卖娃娃》、《闹灾荒》、《逃荒》、《阳世山间穷人多》等,无一不与老天、世道有关。

淳朴的陕北人最尊天,龙王老子是他们心中不可冒犯的神灵。民俗"扫天"流行于榆林的山野乡村。

天也能扫吗?

能扫。

乡民们世世代代靠天吃饭,一年中,盼望的是风调雨顺。不管光景如何,只要风调雨顺了,五谷就能丰登。可这对庄户人来说,是多么难得啊。

地里的庄稼长高了,吐缨了,抽穗了,忽然间,老天降下了一场大冰雹,把庄稼砸个稀巴烂。老农们蹲在地间,无奈地抽着烟袋锅,眼瞅着一年的辛苦白费,心中滴着血,一年的庄稼,是全家人两年的性命啊!

庄稼人没有屈服,他们用最原始的方式跟老天爷作斗争。老天要"下冷子",(陕北话,冰雹),他们就不让下,看着老天的脸色不对,他们赶忙跑回窑洞中,取出最大最新的扫帚,叉开双腿立在

祭歌　张明贵 摄

黄土地上的百姓　田捷 摄

吹破天

院子中,一边朝着天边那一块很可能要"下冷子"的黑云用力扫,一边大声地吼唱:

> 一扫天,
> 二扫天,
> 三扫扫出个老红(晴)天。
> 云彩扫到四边里,
> 日头(太阳)扫到天中间!

扫天,真能扫去"不测风云"吗?《本色榆林》一书中,记载着榆林民间祈雨、抬龙王等民俗。

善良的庄稼人啊,编出《祈雨调》来求老天。遇到久旱无雨,一大群男女老少,便择日虔诚地跪在河边对着河水吟唱,哭唱过几遍后,再回到庙里去问卦。然而,最悲壮、最声势浩大的活动要数"抬龙王"。村民们头一天先将龙王庙里龙王爷的木牌位请到村中的小庙中歇一宿,第二天,先向龙王爷跪拜哭诉一番苦情后,然后抬龙王的队伍浩浩荡荡向村外出发。

> 龙王爷老价呀,
> 降喜雨。
> 庄稼苗苗晒干了,
> 毛脑女子晒焦了,
> 再不下雨就没有活法了。
> 龙王爷老价呀,
> 降喜雨。

那些赤脚打片的后生,威风凛凛地抬着龙王爷楼子,无所畏惧,崖敢上,沟敢下,屺针林里也敢过,乱石片中也敢踏,仿佛一个个都变成了刀枪不入、火海敢闯的神汉。

陕北的老百姓啊,想出了一套又一套土法,来取悦至高无上的龙王爷老子。然而,一切全是徒劳,苦难的岁月依旧。

《榆林志》记载:在陕北,每垧地收成 3 斗以下是荒年;3 到 4 斗是歉年;5 斗以上是平年;7 斗以上到 8、9 斗叫做丰年;1 石左右叫大丰年。

可是,在 1470~1983 年的 514 年中,榆林共发生偏旱和干旱年 218 次,平均 2.4 年一次;发生偏涝和涝年 114 次,占总年数的 22%,发生机会大致是干旱的一半。这么一算,可怜老百姓,剩下了多少有活头的年景?

历史上,陕北的各种灾害不断。

明崇祯 12 年(1639 年),蝗灾,佳县大饥,人相食;

清康熙 61 年,佳县秋鼠食禾;

清乾隆 37 年,群狼追逐吃人,仅子洲一县,被狼咬死的有 23 人,咬伤 57 人,三年中,打狼队打死野狼 126 只;

清乾隆 50 年夏,黄河水涨成灾。冬,黄河结冰数十里,上可行人,亘古罕见;

清光绪 3 年,逢百年不遇干旱,境内饿殍载道,人相食,狼遍野;

民国 18 年春,旱无雨,烈风怒号百日,田禾全被沙压,饥馑益厉,草根树皮剥掘殆尽,饿死者不计其数,19 年开始流行鼠疫、霍乱。大旱饥时,群狼食人,灾民以野菜牛粪为食;

民国 19 年,榆林遍地皆鼠,不畏人畜,草木庄稼全部食尽。以至在民国 16 年、19 年、22 年三年中,鼠疫肆虐,仅定边县就波及 23 个村庄,发病 316 人,死亡率达 97.8%;

1925 年,又有《乱后吟》称:

黄河壶口瀑布　惠怀杰　摄

黄河船工号子　张明贵　摄

黄河在这里转了个弯　马树槐　摄

长空起秋风，满地尘沙走。

四野和萧条，遭逢乱离后。

壮丁散四方，家中剩老妇。

幼女在外逃，遇者蒙尘垢。

鹊巢鸠反居，有家不能守。

室中一无有，既掠又要焚。

三两疮痍民，幸脱虎狼口。

啼饥且号寒，忍痛服南田。

1905年～1942年，全区24,612处发生鼠疫，特别是1930～1932年，流行于全区12县，尤以子洲、横山、子长、佳县、靖边最为严重，死亡8,821人。

国民党时期统治时期的《榆林灾情歌》中还记载："……穷百姓，把糠吞，沙蒿(稗)籽，当山珍……房舍塌，草枯干，树皮肃尽难生存，食无着，衣亦空，及儿女且裸身，去冬冻，风更凶，饥寒饿毙近千名。……老百姓，最担心，估计多半活不成，缴门牌，变流氓，携妻带子到处奔。"

1950年春，由于水、旱、虫灾，榆林专区灾情严重，政府大力赈灾；

1953年，榆林专区大旱，吴堡、佳县等县更为严重，秋禾无收。

……

苦难的陕北哟，数百年中洪涝、虫害、鼠害、兽害、野兔害不断，落难的生民们，一个个都想着法子让自己活下去。"钱钱饭，饭钱钱，黑豆压成薄片片"。眼瞅着碗中的钱钱饭越来越稀溜，照成了汤影子，许多人肚皮陷了下去，脸颊却浮肿了起来，瞪着一双眼睛，直楞楞的脸像晒干了的苦杏，没一点光彩。拦羊嗓子回牛声没了底气，唱起了《卖老婆》：

民国十八年整，

遭了个大年成。

糠面面刷糊糊，

三天喝两碗。

大的七八岁，二的三、五岁，

还有一个怀抱抱，谁要就给谁。

叫一声孩他爹，

你听为言妻，

挽苦菜搂棉蓬，

咱能苟且且苟且。

走你妈的屁，

老子要卖你，

老子如果不卖你，

都要死一起！

……

上下身穿得稀巴五六烂，浑身冻得打颤颤。

……

这首歌词，使我又想起了小说《人生》的作家路遥。

在最艰难的日子里，他们父子俩全凭着一点当年喂猪剩下的陈谷糠和一点榆树叶子维持生命。不幸的是，就在此时，路遥以全县第二名的成绩考入了县上唯一的一所高中——县立中学。

生活都快烂包了，每顿饭只能在野菜汤里像调料一样撒上一点儿粮食的家境，又如何供养他上学呢？可倔强的父亲还是答应继续让他上学。

当村里人听说这事后，尽管全村的乡亲们都饿得浮肿了，但仍然把自己那点救命的粮食分出一升半碗米，纷纷端到了他家。有几个白胡子老人还将儿孙孝敬他们的几个玉米馍馍，也颤巍巍地塞到了他的衣袋里，干枯的手不断地抚摸着他的头，千叮咛，万嘱咐，让他好好

屹梁梁 邵奇青 摄

作家路遥

米脂杨家岭毛泽东旧居

"求功名"去。

路遥放声大哭起来，猛然间深切地懂得了：正是靠着这种伟大的友爱，生活在如此贫瘠土地上的人们，才一代一代延绵到了现在……正是这贫困的土地和土地一样贫困的父老乡亲们，教给了他负重的耐力和殉难的品格。

很快，饥饿成了贫困生路遥的主要威胁。每天下午的自习课，他饿得头晕目眩，忍不住咽着口水，连路都走不利索。偏偏此时，同桌的坏小子在他面前拿出了菜包子或者烤薯片大吃了起来，还故意砸巴着嘴，并且老是在吃完后设法打着响亮的饱嗝对他说："你小子个子这么高，一定要参加我们班上的篮球队！"

有一天，这个坏小子当着女同学的面又开始侮辱他，竟然把他啃了一口的一个混面馒头硬往他手里塞，那神情就像一个阔老耍弄一个叫花子。

路遥浑身的血都涌上了头，他沉默地接过这块肮脏的施舍品，猛一下地把它远远地甩在了一个臭水坑里！

饥饿迫使他走向山野。他在城郊的土地上疯狂地寻觅着：野菜、酸枣、草根，一切嚼起来不苦的东西统统往肚子里吞咽……

尽管苦难的生活无边际，可陕北人数百年来对一件事一直耿耿于怀。那就是清代雍正年间，朝廷官员王斋堂巡视榆林地区三边后，在靖边作词《七笔勾》，描绘了当时三边的苦难、愚昧、落后景象。词曰：

> 万里遨游，百日山河无尽头，山秃穷而陡，水恶虎狼吼，四月柳絮抽，山花无锦绣，狂风阵起哪辨昏与昼，因此上把万紫千红一笔勾。

> 窑洞茅屋，省上砖木偏用土，夏日晒难透，阴雨水肯漏，土块砌墙头，灯油壁上流，掩藏臭气马屎与牛溲，因此上把雕梁画栋一笔勾。

> 没面皮裘，四季常穿不肯丢，纱葛不需求，褐衫耐久留，裤腿宽而厚，破烂且将就，毡片遮体被褥全没有，因此上把绫罗绸缎一笔勾。

客到必留,奶子熬茶敬一瓯,炒米拌酥油,剁面加盐韭,猎蹄与羊首,连毛吞入口,风卷残云吃罢方丢手,因此上把山珍海味一笔勾。

堪叹儒流,一领蓝衫便罢休,才步入黉门,文章便丢手,匾额挂门楼,荣华尽享够,嫖风浪荡懒向长安走,因此上把金榜题名一笔勾。

可笑女流,鬓发蓬松尘满头,喉窍腥膻口,面皮似铁锈,黑漆钢叉手,裤脚三滴留,云雨无度哪管秋波流,因此上把粉黛佳人一笔勾。

塞外荒丘,土羌回番族类稠,形容如猪狗,性心似马牛,出语不离求,礼貌谈何周,圣人布道此处偏遗漏,因此上把礼义廉耻一笔勾。

沟　邵奇青 摄

这首词激怒了三边民众,封建官僚对陕北如此言过其实的辱词,老百姓愤怒了,有人还专门告过御状。很多年后,民间又有人作了《新七笔勾》还应。

中国古代,骈体文讲究用典和藻饰;近体诗讲究句数、押韵、平仄、对仗。于是有了引用、比喻、代称、夸饰、委婉等文学手法。而古代的文人墨客,历来有个陋习,喜欢文过饰非,卖弄文采。甭管采用何种文学手法,还是卖弄文采,作为巡抚大臣的奏章,那就另当别论了。

文中,侮辱性的文字应该唾弃,可我们必须得承认,这首词并非一无是处,从另一个侧面,他写出了当时陕北恶劣的

生命赞歌　田捷 摄

生态环境，以及生活在社会最底层民众的苦难境遇。作为封建官僚，他能看到民众的疾苦并将此形成文字，这是他最大的可取之处。

这件近两百多年前因词而结怨的未了事，在今天看来显得有点可笑。但是，它无损陕北人淳朴、厚道、豁达的人性。

有着游牧民族的鲜明印记的陕北人，大气的人格中，男人讲究"义"，女人讲究"情"。

在我与人称"陕北鲶鱼"的孟海平的一次长谈中，我得到了我原本有些模糊的答案的最直接注解。

"老哥，我是死过一回的人了！""鲶鱼"见到我一开口，那股陕北汉子的豪情就直直冲了出来。

陕西的音乐家给他起这个绰号是有道理的。这个老红军的后代，年轻时长期从事民间舞蹈，是当地出了名的"伞头"。他多才多艺，悟性极高，靠着自学，他学会了作曲，写歌词，编导大型群众活动，他擅长的是有着"鲶鱼"般的生存能力和本领，是一个长袖善舞的社会活动家。他一到哪，"鲶鱼效应"立马显现，三下五除二，一台节目马上拿了出来。如遇到难办的事，他会软硬兼施，要么死缠烂打，要么双目怒瞪、声高盖主。这一招往往总能收到效果。凭借着"鬼才"，他成了榆林市文化领域的领军人物之一，担任了榆林市群众文化馆馆长、研究员。

"老哥，我73年高中毕业，插过队、当过工人，但是我走上文艺之路，音乐舞蹈曲艺全是自学的，靠的是黄土地的感悟。"

就是这么一个"榆林鬼才"，五年前的有一天晚上，他突发脑梗，被送进医院急救。等到抢救过来后，他口歪眼斜，嘴角淌着口水，说话含糊不清，完全丧失了生活自理能力，腿脚从此落下了病根。

没想到，五年后，这条"陕北鲶鱼"又活了过来，不仅行走自如，完全恢复了正常，而且活龙活现，个性依然，牛一样的脾气火一样的烈，简直不可思议。

"你是靠什么药物恢复的？"

"没有，什么也没有，就靠这儿！"他用手指着心，大声地说。激动的神情使脸上青筋爆出，继而发紫，两眼瞪得溜圆。

我真有些担心，这个性情中人，说到兴奋时，全然不顾自己有过的病史，还是那样容易冲动，情绪化。

"鲶雨"点燃了一支烟,猛吸了一口,大声地说:

"得病后,我心里总在想,孟海平,你活得够好了,只要脑袋还清醒,那就是上帝的恩赐,让你看到人世间的欢乐、痛苦,感受着阳光,我还是活人一个。如果脑子坏了,那我也就没有活着的理由,马上找机会安乐死!

"我清醒过来后,一输完液,我就哼哼着要站起来。结果,我真的站起来了,因为腿失去了知觉,我就让家人给我绑上两块木板,直直地站在床边。从那天起,我就每天这样站着,能站起来,我就是条汉子。老哥,这就是咱陕北男人!"

"鲶鱼"激动地说:"这些年,我没闲着,三年半写了一百三十多首歌,还有歌词。另外,还出版了《三秦舞苑撷英录》、《陕北民俗舞蹈史话》、《陕北秧歌实录》三本书。最近,我又写了一首歌,唱给你听听?"

"鲶鱼"的嗓子不敢恭维,有些五音不全。唱到高音处,他声嘶力竭,以听个大概为主。可歌中,有才情,有豪气,还有激情。

榆林鬼才孟海平 邵奇青 摄

孟海平写的三本书 邵奇青 摄

天朗朗,地黄黄,
我大生我要吃粮。
生就了骨头造就了胆,
打起腰鼓迎吉祥。

打腰鼓,迎吉祥,

打得那满山糜谷香，
打得那沟里牛羊壮，
打得那河水哗哗淌。

打腰鼓，迎吉祥，
打得那妹子进洞房，
打得那日子甜如蜜，
打得那光景暖洋洋。

打腰鼓，迎吉祥，
打得那山树百草旺，
打得那鲤鱼跳龙门，
打得那天地放红光。

月弯弯，星亮亮，
我妈生我要强壮。
牛一样的脾气火一样的烈，
打起腰鼓我给大家送吉祥。

他吼着，血液聚集在脸上，徒然发紫，眼角似乎要爆裂。见此状，我有些发怵，赶忙让他停下来。

"知道吗，我的歌词中，说的就是咱陕北人的人性！""鲶鱼"来劲了，提高了嗓门大声说着。

"咱们陕北的男人和女人不一样。用陕北话说，就是结实，像一样东西那样的结实。陕北女人就喜欢男人的结实，一种出自骨子里的结实。意思里含有诚实、信誉、力量和性欲。比如，你亲我一下，我就亲还你两下。你要敢打我一下，我必定还你两下。陕北人做事明着来，不玩暗的。陕北人啊，在关键时你给他一句好话，或者一句良心话，他就认定你是好人，为你死都愿意。这就是陕北男人骨子里的'结实'。你给他一个小小的'结实'，他就还你一个大的'结实'。陕北人最怕的是你哄人，哄完就忘了的那种人。比方说：你去农村采访，乡亲们把你当名人。大家在一块照了照片,记住,你千万别忘记给他们寄去。如果没忘,你遇到天大的灾难,他们一定会舍身为你做点什么。这就是山里人,他们把人性最本质的东西保护得非常好,他们有自己的处世为人底线。

"你别说,西北虽荒蛮,但却是个农耕文化与游牧文化兼容的地区,文化厚重。榆林很特别,有四种文化,南面受晋文化冲击、北边受蒙满文化的影响,西边关中文化又压过来,而榆林城里有江南文化,四种文化糅合出一种新的文化,那就是强大的黄土文化。所以,陕北人走口外、下南路(南路是指西安、关中),都会自豪夸张地说:'我把这把米啊,扬了一世界!'其实呢,只是撒了一屋子、一院子,但他们不说一屋子而是说一世界。

"陕北人让人骗了,痛心之后会表现出无所谓,拍拍胸膛大吼一声:'只要我活着就好!'

"这就是人性中的结实。一种既自信又自卑;既豁达又小气的性格,是两个极端。"

孟海平的话有道理。我们可以说他的"结实论"或许有些夸张,或者说他的用词并不完全准确,但有一点可以肯定,那就是陕北人的人性中,有一种淳朴、本真的东西。

"你给他一个小小的结实,他就还你一个大的结实!"我从我的哥们,靖边县委宣传部副部长、摄影家田捷身上不是亲身感受到了吗?

老人 邵奇青 摄

吹出一片新天地

我与田捷相识,是因为一张照片。2006年,我在榆林采访全国劳模牛玉琴,在她家,我的目光一下子被一本还未出版的画册中的一张"黄尘蔽日,天昏地暗,狂风劲吹,沙暴肆虐"的老照片所吸引。我很惊诧,竟然有摄影记者在如此恶劣的气候中,不畏艰险用镜头记录了大自然的严酷……

后来我才知道,田捷几十年来顶烈日、冒沙暴、战严寒,背着干粮、提着水壶,曾数十次跋涉大漠,深入到牛玉琴的林地采访,在沙丘上、毛驴边、牛车上、林子中以及茫茫沙漠深处,他用相机不停地捕捉着"治沙英雄"的酸甜苦辣以及感人事迹,在《人民日报》等全国报刊杂志上,发表了120多幅照片,以及长篇通讯、消息,将牛玉琴的事迹传遍祖国大地。牛玉琴也因此成为了全国名人,获得中央、省、市、县以及联合国的86项奖励,成为中国农民中获奖最多的农家妇女,党和国家给了她几乎所有的荣誉。

可以这么说,如果没有田捷,这位全国典型至少要晚出现十年甚至更长时间。

当我在报纸上将这个故事披露后,我接到了从未谋面的田捷的长途电话,而且电话来得越来越频繁,俨然像老朋友一般。电话中,他还希望我能为他这本由国家林业局出版的摄影画册写点东西。我答应了。

这位淳朴的陕北汉子还急切地问我什么时候再去榆林,他一定要当面谢我。

让我真正感动的是,当他得知我到了榆林而抽不出时间去靖边时,他立马与嫂子两人驱车一百多公里赶到榆林城,不由分说地将我连拉带扯推上了车,飞驰前往靖边。第二天上午,嫂子下厨,烧了满满一桌菜,拿出了最好的酒,这种没有半点虚情的真诚,给我留下了深刻印象。午饭后,田捷又亲自将我送回榆林,临走前,嫂子偷偷地装了满满几袋东西,嘱咐我一定带回去。

"没别的东西,榆林乡下,只有五谷杂粮,这小米很粘,熬粥喝,弟妹如喜欢,我再给你寄!"嫂子说。果然,春节前,他们又给我寄了一大包裹的陕北特产。当我又一次到榆林后,田捷马上又让嫂子带着东西从靖边赶出来,一大清早,她敲开了我的房门。

淳朴的陕北人哟,你给他一个小小的结实,他果真还你一个大的结实!这可贵的"结实",就是用一颗真诚之心对待朋友。

"鲶鱼"见我在沉思,他大着嗓门又侃:

"老哥，咱陕北女人呢，是一杯永远不凉的开水，就像是保暖瓶里的水，始终是温暖的。她们知寒知暖，具有很大的包容性。

　　"她们从骨子里崇拜男性，男人永远是她们人生的第一大宝贝。如果金钱、房子、男人放在她们面前任凭挑选的话，她们第一选择的一定是男人。"

　　我终于明白了，在陕北，一个"情"字，犹如黄河之水咆哮而过，多于河滩上的酸枣。不然，信天游为何总是那样凄清委婉、柔断情肠、泪湿衣衫？

　　见我不语，"鲶鱼"又高侃了起来：

　　"老哥，陕北女人与其他地方的女人不一样，她们爱男人。男人是她们生命中的图腾。她们爱男人最主要的两点是：性的满足和吃饱肚子。你做到了，你就是一个好男人！而在性方面，好男人的功夫得像揉面一样。你知道，面揉得时间越长，做出的馍越好吃。她们不需要野蛮，野劲，而是揉面一样的温柔和功夫。如果是这样，哪怕你骗她一辈子、打她一辈子，她都情愿。陕北女人太简单了，你让她死去活来的满足后，再丑的男人、再烈的男人她都不在乎，跟定你一辈子。哪怕你在外沾花惹草搞女人，她都能包容；哪怕她痛苦一百次为你生一百个孩子她都愿意。中华民族最原始的人性，在她们身上得到最直接的体现。

　　"我在调查了一百多个跳舞女性后才明白，可以这么说，陕北女人告诫男人

打碱号子　张居琏　摄

新媳妇　田高阳　摄

最多的一句潜台词是:你那'牛牛'可要保护好(指男性生殖器)!

"在陕北女人心中,男人只要对女人有义,女人就会满不在乎地与你好上,身子给了你后说一声:'拔了萝卜,地不还在吗,那有啥?'老哥,你想象不到,她们有多开放!"

我惊讶了!没想到这条线条粗犷、狂放不羁的汉子,内心世界竟然这么细腻;他对陕北人的人性分析,竟然如此直白、透彻。从他的哲学观、审美观以及对问题的思考中,可以看出,他对这块土地、这方人有着挚爱,而且爱得很深,全是出自内心。

"鲶鱼"大侃了一阵后,话题又转到了陕北老农身上:

"陕北的老农对生活的需求太低了。每天,饮完牲口,担满水缸,便心满意足地坐下来,尽享天伦之乐。他们有个习惯,每天在阳坡坡上,或者墙根下,一排溜老人坐在那晒着太阳'听闲传',悠闲地喝着大碗茶,抽着烟,一坐就是一天。说天、说地,说世态炎凉,说历史传说,说胡骚浪事,说东家男人昨天做了什么亏心事,说西家婆姨的儿子长得如何像村东的张木匠。议论世态,关注世界,是陕北人最喜好的习惯。"

可以这么说,陕北人的劳动很悠闲,春播秋收时,使上一阵劲就完了。光景好点的人家,干脆就雇人种地,自己当"财主",在村口的小石板桌上,沏上茶,放上小酒壶、一把炒豆子,开始"听闲传",那神情,简直就像是说书人,唾沫飞溅地"话说,咱们这地方……这么……这么……"他们唱着曲,编着戏,说着故事,开始了无意识的创作。

所以,陕北这地方产生出大量的传说、故事、民间说书以及民歌,许多生动的、令人叫绝的民歌歌词,就是"听闲传"听出来的。

原来如此!信天游、酸曲、酒曲的歌词,说的是这方事,讲的是这方话,不受任何外来文化的影响,没有任何文华修饰,语言直白、纯朴、亲情、富有人性,与此有关?

陕北民歌哎,乡野的一山、一水、一情、一景以及大众化的"听闲传",孕育出你的灵气,铸就出野、真、辣、朴、酸的民歌魂。

"鲶鱼"的话,使我想起了"只要找到一个力点,我能撬动地球"的铭言。

陕北高原独特的地貌和自然条件,造就了陕北人与众不同的"拦羊嗓子回牛声";苦难,又提炼出艺术的美丽,产生了许多幻景般的生活向往和幻想；而陕北人的习俗"听闲传"，是民间口头文化艺术创作、传播的最原始的平台，它的根基深深地扎在了山野乡间；蒙、晋以及关中习俗与文化的长期渗透与糅合，使得陕北人原始淳朴的人性中具有了某种闪光的东西。

当所有的客观条件集聚在一个"力点"上时，黄土文化的伟大力量便出现了。就像地球上的北纬30度，产生出一连串的神秘现象，你无法解释，只有惊叹。

如果说，那奇特的地貌是风神留下的另一幅杰作，那么，陕北高原上的民歌，就是缪斯之神留下的杰作。

这是人类文明的伟大遗产，在今天看来，它是多么珍贵。在工业文明、日新月异的高科技面前，它那份珍贵的原始与淳朴、真实与迷人的野性，很快将蜕化，逐步走向消亡。

我想起了云南泸沽湖仅存的母系社会的"女儿国"，想起了彝族少女的"月亮房"，想起了楚雄苗家山民的唱诗班，作为文化遗产，她们都在被保护！

黄土地文化淳朴性、本真的人性、陕北民歌原生性，应该像泸沽湖"女儿国"一样，也该受到地域性保护了。这种保护，应该称之为"原生民歌生产自然保护区"！

我把想法说出后，"鲶鱼"一下子蹦了起来，激动地大声说："我说嘛，一个文化人，有两样东西不可缺，一是良心，二是激情！"

拜年秧歌　田高阳　摄

秧歌场子　张少生　摄

秧歌赛会　张居琏　摄

第三节

大自然,给陕北高原留下鬼斧神工般的造设。蓝天、黄土、沙漠、窑洞、高原、剪纸、石雕、信天游以及陕北那特有的苍凉,构筑出中国近现代民族音乐史上一个伟大的乐府。

盛行于米脂、绥德的信天游,神府的山曲、酒曲、二人台、爬山调,三边的碗碗腔,清涧的道情,以及榆林城内流行的榆林小曲,在中国民歌史上,占有极其重要的地位。俚语道:

> 穷开心,富忧愁,寻吃的(乞丐)不唱怕干毬;
> 信天游,不断头,断了头,穷人无法解忧愁。

天
朗
地
黄
歌
苍
凉

民间,流传着两万多首民歌,山野乡间随处可见的是一座座原生民歌的"金矿"。苍凉的沟壑,诞生了无数天然本色的璞玉浑金。

八十多年前,匈牙利音乐家巴托克在"农民音乐"中,惊喜地发现了一种能够恢复活力的力量。1920 年,他在德国出版的《旋律》杂志上欣喜地指出:在 20 世纪初,音乐的发展出现了一个转折点:"浪漫主义的不加节制开始让许多人无法忍受。但要转到哪里去呢? 一种在当时还不为人知的农民音乐给予这种变化以非常宝贵的助力。"

巴托克还说:这种音乐的最佳之处就是它的形式变化多端,但总是非常完美。另外,它的表现力非常惊人……这是复兴音乐的理想出发点,也是探索新方式的作曲家所能找到的最好的导师,而作曲家们必须做的就是"融汇吸收农民音乐的语汇,达到完全忘记它,并能最终把它当成母语一般使用。"

无疑,巴托克的前瞻性发现是伟大的。因为,早在 19 世纪下半叶至 20 世纪 30 年代时,这股"恢复活力的力量"已经在中国陕北高原的民间形成并且日臻成熟。那个时期所出产的陕北民歌,有着原始的淳朴、无比的活力和毫无雕饰的自然美;那个时期,农民音乐的创作处在旺盛的

"繁殖期"，出现了巴托克所发现的"恢复活力的力量"，一批很有才华的民间艺人和农民歌手，在不久后影响了中国的民族音乐史。

音乐学家崔月德、王峰存在《陕北民歌作者初考》中，记载了一批农民作者。

家贫无田三辈佃户李有源，有一天清晨担着粪桶到县城去担粪，在晨曦微露中，走着走着，他看见了天边霞光万丈，一轮红日从地平线上喷薄而出，老汉看呆了。他灵感顿生，脱口唱出了《东方红》，就这样，他一路唱到了延安，从此，这首红色经典传遍了全中国；绥德三十里铺村的农民常永昌，那一天半夜，他一骨碌爬起身，唱出了那首脍炙人口的《三十里铺》；农村木匠王庭有，用陕北民歌《绣荷包》曲调创作了《绣金匾》；府谷民间艺人丁喜才，改编传授了《五哥放羊》，被贺绿汀聘请到上海音乐学院任教；吴堡农民歌手张天恩，即兴编唱了《卖菜》、《赶牲灵》、《跑旱船》等许多民歌；以"搬船"为生的农民李思命，常年奔波在包头至潼关的黄河惊涛骇浪中，他用对歌的形式，唱出了《天下黄河九十九道弯》；还出现了如赫永发、李增正、李治文、马子清、冯明山、党庆成等一批杰出的民间艺人，他们既是创作者，又是歌唱者，也是传播者……

令人肃然起敬的是，这些流淌着真挚情感的《三十里铺》、《走西口》、《赶牲灵》、《五哥放羊》、《天下黄河九十九道

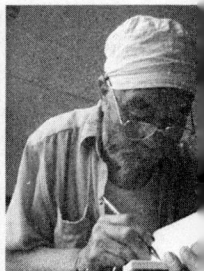

巴托克　　　　　　陕北民歌手张天恩

陕北民歌手丁喜才(中)

陕北民歌手李治文(左)
陕北民歌手马有宽(右)

弯》等金子般的民歌,并非出于名家之手,而是从放羊汉、脚夫、船工、走西口的农民之口传出。这些民歌,成了陕北民众生活的一面镜子,具有高度真实、凝练的艺术力量。

从现在保存下来的、产生于19世纪末到20世纪40年代这六十多年间的民歌的歌词来分析,百分之七八十反映了社会底层民众的苦情、离情和恋情。原生色彩很浓,没有一点酸腐气,语言土得掉渣,直白、纯朴、亲情、富有人性,成为原生的艺术成品。

一首信天游,也许只有几句歌词,但却以庄户人几代的苦难情感作为成本的。因而,陕北民歌也就有了有别于其他地方民歌的最鲜明特色,即它的旋律经常出现七度、八度、十一度、甚至十三度的大跳音程。真声假唱,假声真唱,跌宕起伏,揪人心肺。犹如一艘在大海中航行的小船,一会儿被惊涛骇浪抛上浪尖,忽而又被波涛卷入了浪底,惊心动魄。

当年,诗人李季在这里搜集了数千首"顺天游"(又名信天游)后留下感叹,"他或者她放开喉咙,一任其感情信天游飘游时,你才会知道,文字记载的顺天游,它们已经失去了多少倍的光彩……"

榆林是一块民歌产生的奇特之地。无论歌、词、声、腔,一离开这块有着特殊养料的黄土地,它就变得索然无味。当地音乐家告诉我说,上世纪50年代初,中央歌舞团在榆林绥米一带招募了一批当地歌手,成立了一个陕北民歌合唱团,开始时还搞得有声有色,这些带有千年黄土味的音乐,震撼了全国观众。可时间一长,歌手纷纷到各艺术院校学习、进修,结果全变了味,成了"大众歌手"。这一现象,当地人用一句土话作了高度概括:"金疙瘩,银疙瘩,撂不下咱陕北的土疙瘩。"

也就是这些土疙瘩,每字每音都散发出浓郁的乡土韵味。不失机智、幽默与智慧,有其特殊内涵、特殊品质,成为黄土地上的瑰宝,让人如痴如醉。

信天游是陕北民歌中一种有着特别风韵的体裁,其节奏自由,纯朴大方,高亢悠长。句式结构非常特别,一般每段两句,两句一韵,下一段可换韵,亦可不换。短歌可能只有一段,长的可接连数十段乃至成百上千段。艺术手法上多用比兴,托物言志,借景抒情,曲调优美,琅琅上口。

来时就像一溜风,

走时得了个鬼抽筋。

我是蜜蜂你是花，
天把咱搅在一搭搭。

九眼眼玻璃家家明，
眼珠珠说话亲死个人。

想哥哥想得跟上鬼，
炸油糕倒进半碗水。
……

诗人李季

人类基因学证明，当所有物理和化学的成分都达到形成第一个细胞的理想比例时，生命（区别于无生物的有生物）便开始了。换成历史学概念来说，"只有所有物种、气候、经济和政治条件达到或者接近一种理想比例时，高级形式的文明才会突然地、貌似自动地脱颖而出。"

陕北民歌手杨进山

中国艺术研究院研究员乔建中说："陕北民歌在上世纪30年代至40年代间被云集于陕北的一大批音乐家记录下来，并不断推广、传播出去。这是一次发现，具有破天荒的意义，甚至可以说是近代史上敢于正视民间音乐、充分认识其巨大价值的一个转折点。

陕北耍丝弦民间艺人胡英杰　马树槐 摄

"而过去，信天游只能囿于陕北，东不过黄河、北未越长城、南止于子午岭和黄陵、西至贺兰山，生与斯，传与斯，飘洒在陕北父老的口耳之间。"

无疑，巴托克所说的这股"恢复活力

的力量"，在上世纪三、四十年代，使得一大批音乐家、诗人、作家如冼星海、贺敬之、马可、刘炽、劫夫等从中受益，创作出一批脍炙人口的作品。许多经典民歌，从山村乡野传唱至全国乃至世界。重要的是，陕北民歌从此被搬上了舞台，成为了大众艺术。

我惊叹，黄河之母孕育下的黄土地文化，在不经意间，让你感觉到它的伟大、悠久与醉人；我更惊叹，在这块黄土地上，每一首歌就是一个故事，每一个故事就是一首歌……

天朗地黄歌苍凉

缅怀李有源　钞希文　摄

第二章　三十里铺的"两代四妹子"

　　上世纪三、四十年代,陕北大地上"闹红",绥德当地有名的伞头、农民常永昌在不经意间,自编自唱了一首民歌《三十里铺》,很快,这首歌在脚夫南来北往的三十里铺的大路上流传开去……这首上下只有四个乐句的凄美动听的民歌,成了中国民歌史上的经典。

　　这次绥德之行,竟然让我探明了"两代四妹子"截然不同的命运……

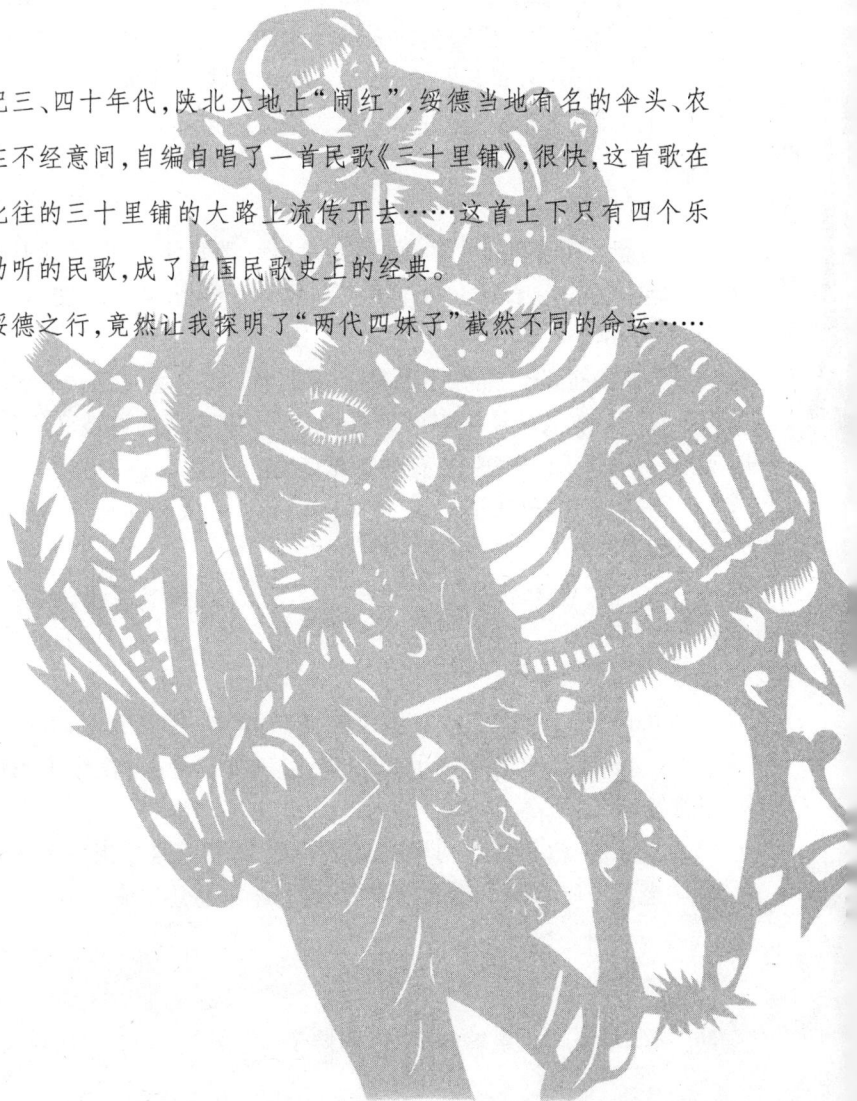

第一节

车行在无定河边,我又一次前往绥德。

这个北朝西魏时以"绥民以德"取名的县城,四面环山,两面绕水,大理河由东向西,流过县城,掉头向北汇入无定河,将县城分为东西两部分。犹如巴黎的塞纳河,将巴黎一分为二,左岸有脑,右岸有钱。

塞外寒冬,山风鸣咽,皑皑白雪覆盖着陕北高原的沟壑山峁,大地一片寂静。眼望着无语流淌的无定河,脑中忽而闪现出王昌龄的绝句:"秦时明月汉时关,万里长征人未还。但使龙城飞将在,不教胡马度阴山。"这首七言诗,不正是凭吊这条"溃沙急流,浅深无定"的无定河边的古战场吗?

西风残照,汉家陵阙。

遥想一千多年前,无定河谷定是另一番悲壮惨烈:战马长嘶,铁蹄声疾,卷起阵阵尘土,汉大将军李广率数十万将士,刀光剑影,鼓音不绝,与匈奴奋力厮杀。

"誓扫匈奴不顾身,五千貂锦丧胡尘。可怜无定河边骨,犹是春闺梦里人。"而今,战马长嘶声已远去,留下一段残存的城墙和一份亘古的记忆。不知那千沟万壑中,有多少忠良英烈的幽灵在呜呜?

恍惚中,塞外古道上来了一匹瘦马,一老夫子在马背上吟唱:

> 西风塞上胡笳,月明马上琵琶,那底昭君恨多,李陵台下,淡烟衰草黄沙。

可怜无定河边,秦汉三国南宋,扶苏自刎、蒙恬蒙冤、韩世忠释权,残存的古城墙哟,无时不刻地提醒着你,这片土地,古往今来,有多少传奇故事要诉说……

正想着,汽车猛然刹车减速停了下来,弯道路上出现了一群羊,一个拦羊老汉正吼着嗓子唱着信天游,赶着羊群悠悠走来。

凤英一十九，
别看你手里提着酒，
硬看凤英两步走，
不喝那二两酒。

凤英平二十，
捅下个大乱子，
生下一个苦孩子，
有娘无老子。
……

这不是唱的王凤英吗，《三十里铺》中的那个"四妹子"？

寻着歌声，思绪转到这方民歌醉人的黄土地上。

这里，不仅仅承载着厚重的历史，也是一座民歌的"富矿"。绥米一带，是浑然天成的陕北乐府中一个重要分支。绥德县前年编撰出版的大型文化典籍《绥德文库》一书，光是陕北民歌，就有厚厚三卷，收入了民歌近万首。

这片古老神奇的土地哟，养育出多少有才华的民间艺人、歌手乃至民歌演唱家。

早在建国初期，绥德人刘燕萍、白秉权、马子清三位女民歌演唱家，最早将陕北民歌传唱到了全国，掀起了"闹红"后又一波陕北民歌的高潮。经典陕北民歌《兰花花》一歌，50年代初，刘燕萍第一个将其唱出国门，轰动了在欧洲举办的世界青年联欢会，她因此得到了嘉奖。传

三十里铺情缘　张少生　摄

无定河畔闹红火　黄复　摄

绥德县文化馆　邵奇青　摄

绥德文化馆的锣鼓排练　邵奇青　摄

唱半个多世纪、曾影响几代人的经典民歌《三十里铺》,其首唱者是马子清。这位民歌演唱艺术家,1953 年考入中央歌舞团民歌合唱队,早年曾长期生活在陕北农村,向民间老艺人学艺。她演唱的《走西口》、《三十里铺》、《兰花花》、《当红军的哥哥回来了》等民歌,原汁原味,风格独特,韵味无穷,堪称范本。她还为电视片《万里长城》、《黄土魂》,舞蹈《黄土史诗》等配过唱。近年,七十多岁的马子青,在西安发行了她的封山之作——清唱专辑《三十里铺》。这是她对传统陕北民歌的一次全面艺术总结。而土生土长于绥德的白秉权,已成为当今中国知名的民族声乐教育家,人称陕北民歌的"二老艺人"。

而今"望八了",老艺术家白秉权对民歌的"嗜好"与执着,已近乎神经质。她培养出来的学生,获得了全国和省一级大赛的 9 项金奖。几十年来,她走遍了陕北大地,拜访老艺人,民间歌手,亲自收集、挖掘、整理、研究、改编散落在山村的民歌野调,一批脍炙人口的民歌《走西口》、《绣荷包》、《信天游》、《女货郎》、《九连环》等,在全国广为传唱,有的被音乐学院编入了高年级教材。她著书立说,用微薄的退休金,自费出版了声乐论著《民族歌唱方法研究》,她曾在中央音乐学院、中国音乐学院、上海音乐学院等全国不少音乐学院兼职教授,传艺……

绥兮德兮,后继有人。而今,又有一批如雒翠莲、雒胜军、雒洁等原生歌手,走出了绥德,走向了全国……

上世纪三、四十年代,陕北大地上"闹红",绥德当地有名的伞头、农民常永昌在不经意间,自编自唱了一首民歌《三十里铺》,很快,这首歌在脚夫南来北往的三十里铺的大路上流传开去。之后,又经民间智慧人士不断加工、改编和广为传唱后,唱红了整个中国。半个多世纪以来,这首上下只有四个乐句的凄美动听的民歌,成了中国民歌史上的经典。

故事性并不仅仅在此。几乎所有中国的音乐书籍和音乐史籍,都给这首歌作了一个简单明确的定义:"《三十里铺》是一首以真人真事为素材的佳作……"

可又有谁知,这首被所有人认为是真人真事为素材的民歌,原来是一座虚构了自然状态的空中楼阁,又在其中安置了虚构的自然生灵,从一开始,它就使美好的写照失去了真实性。悲剧,在这此基础上成长发芽了。不可思议的是,它竟然被湮没半个多世纪,真相,被美丽的传说包裹得严严实实。

我回想起了 2005 年冬季,我与上海一批作曲家前去三十里铺采风的经历……

当我们站在三十里铺的界碑前,方知那首流传甚广的经典民歌《三十里铺》的源头,此时就在脚下。环顾四周,眼中闪现出惊异。一个普普通通的小山村,怎么释放出如此惊人的艺术能量?一声"三哥哥",竟让八尺汉子热泪流,出嫁的婆姨也回头。

历经岁月刷洗,三十里铺风貌依然。它傍山而建,依水而立。河滩上的老柳,崖畔上的枣树在瑟瑟寒风中低鸣,高坡上的羊群在缓缓移动。在背山朝阳处,有着家家砌起的石头窑洞,隔着河的大路边上有几间用石头砌起的石板房,门前的幌子在风中飘摇,这便是供过路人歇脚的店。望着那石板房,我想起歌中的那个"四妹子",想起了凄美的歌词:"提起个家来就家有名,家住在绥德三十里铺村,四妹子爱见那三哥哥,他是我的知心人……"

很遗憾,尽管事先榆林市委书记周一波为我作了周密安排,可是我们还是没能如愿,到了三十里铺的常家沟,便戛然止步。

于是,我们一行,走进了常家沟村常支书家。

窑洞中响起了风箱的呼哧呼哧声,热情的农家烧上了水,不一会,满屋热气

陕北女歌手马子青

声乐教育家白秉权

腾腾。作曲家们被当作稀客,一个个被请上了炕,盘着腿,磕起了瓜子,炕桌上摆满了花生、红苹果、酸枣。村里的歌手挤满了一屋子。

老支书蹲在了锅台前,粗糙的手灵巧地装了一袋旱烟,吧嗒吧嗒地抽了起来。乡长说话了:"双岗啊,给咱上海来的音乐家唱几首吧!咱十里八乡,谁不知道你肚里东西多!"

烟抽足了,老支书扯出了拦羊嗓子吼起了《五更天》:

> 一更(价)里打一点,想起奴男人不得见面。二位爹娘无主意,把奴许给了出门人。红绣鞋两点点,忘记奴家白脸脸,少年丈夫无良心,哪一朵鲜花能开几日红……

一曲歌罢,满座皆惊,不想这满脸风霜、满手老茧的陕北老农,绕梁嗓子高亢低回,冲出窑洞,绝了!

五六个歌手唱罢后,老汉唱起了《三十里铺》,听得作曲家们陷入了沉思。他们想象不出,这些从未受过训练的放羊汉一亮嗓子,怎么一个个都成了地道的专业歌手?

话题回到了令人牵肠挂肚的四妹子身上。常支书用缓慢的语气说:"人生就是一个漂流在海水中的空酒瓶,随水浮沉,谁也不知道下一步会不会被抛到岸上或者被礁石碰个粉碎。四妹子的命运正是如此,一夜间,亲人不再,情人不再,家不再,毛驴把她驮进了山沟沟里,她嫁给了陌生残疾男人,了此一生。

"那年,该死的日本鬼子占领了山西,杀了她的全家,四妹子逃到了黄河边,被双喜救到了三十里铺。正当乡亲们为两人操办婚事时,四妹子却送双喜参加了八路军。三年过去了,四妹子天天站在山冈上盼望三哥哥回来,而双喜在外边却找了女人成了婚,并生了一个儿子。

"四妹子心碎了,一根绳索将她套在了郝家洼。而四妹子早在婚前就随着《三十里铺》的流传而名声在外了。这首歌并没有给她带来好运,而是无尽的苦难,婆婆称她败坏了门风。宁静而有些磕磕碰碰的婚姻就这样开始了。四妹子很快就意识到匆忙地出嫁是场悲剧,自己空空荡荡的,身子骨成了空架子。

"她离家出走,跑回了三十里铺,为八路军纳鞋、送粮、照看伤员。夫家人追来要劫她回去,这时,双喜出现了,他又一次保护了她。正当生活有了新的转机时,双喜在一次战斗中牺牲了。四妹子掩埋了双喜的尸体,领养了他的儿子。绝望中,她走进了穷山沟中瘸子的家。"

作曲家们听得入迷了,一屋子人沉默,只有风箱声不紧不慢地一声声地呼哧着……

这是一个披着美丽外衣的悲惨故事,与其说是真人真事编成的歌,倒不如说这首歌给一个女人带来了终生厄运。

我也被故事的美丽、曲调的动听所迷住,还曾写过小小说,被报刊、网络广为传播。可是,几年后我才发现我错了,我也是千百个以讹传讹中的一分子。

缪斯之神啊,你也会捉弄人?

这是中国音乐史上的一个奇特现象。作为歌中的人物原型,她绝无仅有,不可思议的是,这位迄今还在世的四妹子,面对一生之痛,竟然在半个多世纪中沉默缄口。多少音乐史家和学者试图揭开这谜底,无奈意愿难了。

采访王凤英太难了!因为,尽管这首歌叙述得如此动人,旋律优美,感情真挚,可美丽善良的四妹子因此套上了沉重的名誉"枷锁",在那个未开化及封建意识浓厚的年代,有关她的带"荤"的段子,几乎每天在民间传播,她在无尽的悲哀中度过了一生,以至在2004年前的近六十年中,从未跨出深山一步。就此,她

远眺绥德新区 邵奇青 摄

绥德石刻 邵奇青 摄

绥德民居 邵奇青 摄

的儿子们非常警觉,只要陌生人一进村,马上就将老人"警卫"起来。以至至今除了极个别媒体外,所有想接近她的记者或专家学者,不是被生硬地挡在门外,就是在围攻中落荒而逃。有关《三十里铺》的任何一种访问,都会引起她的儿辈们本能的愤怒而变得极不愉快。

我很幸运,在经历了数次徒劳而返的失望后,终于使我在年前抓住了一次机会。

"记住,见到老人和她家人,你可千万不能说记者,是县上的科技干部,来村里检查沼气使用情况的,顺便到你家看看!"绥德县县委宣传部的两位副部长一路反复叮嘱说。

王凤英老了,八十有一了!可那满脸沧桑的两颊上,依稀残留着她年轻时的俊美记忆。在与她拉话几个小时后,突然我感到,中国民歌史上有关三十里铺的故事记载,都将重新改写、重新定位……

幸运的是,这次绥德之行,竟然让我探明了"两代四妹子"截然不同的命运。素不相识的两代女子,因为《三十里铺》这首歌,被连在了一起。不同的是,歌中原型"四妹子"王凤英,活脱脱地出演了一出悲剧;而因唱《三十里铺》一举成名的农村苦娃雒翠莲,因此而改变了命运,成了"陕北民歌歌后"。

绥德,出演了一幕人间的悲喜剧。

第二节

　　"天阴了,看样子要下雪"！刚到绥德县城,陪同我的徐副部长抬头望着天说:"我们休息一会马上走吧,要不然,一场雪下来,这几天就甭想进山了!"于是,我们马上改变了计划,一行人匆忙上了两辆车,朝绥德城外驶去。

　　三十里铺以离县城三十里而得名。上世纪50年代中期,作曲家王方亮将民歌《三十里铺》改编成无伴奏女声合唱,并以当地农民歌手组成了陕北民歌合唱团进京后,这首被称为以真实爱情故事而创作的"信天游",迅即传遍了全国,成了《兰花花》之后又一首走红的民歌。之后,有关王凤英爱情故事的各种不同版本的小说、散文乃至文艺题材的《三十里铺》,纷纷出现在报刊杂志和舞台上。

　　作为县里的重大文化资源,绥德县从1975年起,开始创作大型民歌剧《三十里铺》,剧本经过多次修改,于1979年上演。2003年冬天又经过改编后,开始在当地演出。两年后,延安作曲家党音之又重新改编,参加了陕西省第四届艺术节,得了17项大奖。当地老百姓对这出民歌剧甚是喜欢。只是王凤英的儿子看后大为恼怒:"你们搞的是甚嘛,我们是正经人家!"骂完,老汉反剪着双手,头

民歌剧《三十里铺》剧照

也不回地走了。

陕北人民有着奇特的创造力。生活中,你视而不见、忽略漠然或者不以为然、甚至不屑一顾的东西,那些伟大的劳动者,全用歌词表现出来,变成了生动活泼,令人叫绝的艺术品,野性而有张力,迷人而闪光。

可谁又知道,《三十里铺》却是以经过无数人加工传唱,最后定于根据"真人真事"而创作的。原来,民间对这首歌的创作众说纷纭,一说是集体创作;一说歌与词全都是村里一个农民所作;另一说是根据真人真事编的。直到1993年年底,报刊才披露了《三十里铺》是由农民歌手常永昌所作。

《三十里铺》的故事一传十,十传百,就像一棵小树,长成了参天大树,由于常年不剪枝不修理,树干上长出很多枝枝杈杈,越来越繁杂,如同故事的版本,五花八门,说什么的都有,怎么编都不会有错。

问题在于,今日舞台所上演唱《三十里铺》是那样美好纯洁,可在民间,它的传播形式类似"酸曲",其段子长达三十多段,现在流传的也就是十几段,内容低俗,有些还带"荤"味。当地歌手说,有几段只能在山里唱,人前不能唱。那些歌词啊,像是杀人不见血的软刀子。

这使我想起了陕西的"十大怪":"面条似腰带,锅盔像锅盖,辣子也是一道菜,房子一边盖,大姑娘不对外,板凳不坐蹲起来,泡馍大碗卖,确企难分开,帕帕不装头上戴,唱戏吼起来。"清人曾对陕北的风俗作了概括:"圣人布道此处偏遗漏……"说的就是陕北这块山高路险、闭塞沉闷的旧时边塞之地,传统上的封建不开化与口头文化极度开化的长期并存。

由于人们在与人交流、感情抒发等方面受到长期压抑后,无时不在寻求机会来宣泄情绪。于是,出现了信天游、二人台、道情、榆林小曲、酒曲、酸曲等民间文化传播形式。而那些在民间须臾不离的酒曲及酸曲,在婚丧娶嫁、酒足饭余的任何场合,都成了人们即时助兴的最佳方式。《孩儿瞎哄娘》一歌就赤裸裸、热辣辣、甜滋滋、酸溜溜地唱道:

　　　三更时辰门扇扇响,情哥哥进了妹妹房。

　　　娘问女儿什么响呀,风刮树枝沙啦啦响。

　　　四更(价)里床板板响,情哥哥妹妹睡得香。

娘问女儿什么响呀,风刮窗纸啪啪地响。

……

我一路都在沉思,车里显得有些沉闷。徐副部长开口了:"不知你今天运气咋样! 前年秋天,中央电视台《走遍中国》摄制组来拍王凤英,进了村,她儿子死活不让见,将她藏了起来,我们好说歹说磨了一个半小时的嘴皮子,最后才让见半个小时的面。真不容易啊!"

"《三十里铺》的歌词长着哩,我给你唱几段民间的?"说着,他扯着嗓子唱了起来,气氛顿时活跃不少。

……

三天没见三哥哥的面,拉上黑山羊许口愿,

多会儿见了三哥哥的面,好像猴娃娃过新年。

睡到半夜里梦了一个梦,梦见三哥哥上了奴的身,

慌忙就把个腰搂定,醒来却是一场空。

前沟里下雨后沟里阴,因为三哥哥许了一口牲,

如今的神神满不灵,不给凤英来托梦。

绥德汉画像展览馆 邵奇青 摄

汉画像 邵奇青 摄

想起了三哥哥细叨念,奴的老妈妈把奴嗷,

茅子里偷着哭几声,哭几声三哥哥太无情。

……

众人笑了。这歌词,确实有点离了谱,可以想象,在那个年代,这对年仅 16 岁的少女和她婚后的生活带来了什么?

无怪"四妹子"伤心透了,那首歌让她一辈子抬不起头,"丢尽了脸"。半个多世纪来,为了儿孙们的名誉,王凤英及其家人除了缄默,就是愤怒……

汽车从辛店拐进了去黑家洼的山道没十来分钟,便在路中间一个深坑前停了下来。原来,雨季时,山洪冲垮了这条唯一的山道,留下多处深坑。

"走着进山吧,前面的路也坏哩,你们的车过不去。到凤英家还有十几里地,袋把烟工夫就到哩!"一位老汉指着前方对我们说。

天色阴沉沉的,为赶时间,一行人徒步走向深山中的黑家洼……

第三节

山里一片死寂。不闻鸡鸣犬叫，也不见人家炊烟。半天里未见一个人影。

爬上圪梁梁，放眼望去，千沟万壑中隐现出层层梯田，灰蒙蒙的天空下是黄土凝固成的波浪，寒风卷着黄土味迎面扑来，直往脖子里钻。穿过河滩又走上一个高坡，黑家洼在对面高坡上出现了。陕北的地貌很特别，一个村与另一个村看似仅隔着一条深沟，最窄的地方也只有几十米，隔着沟还能聊天。可从这要走到对面山坡上，起码得个把小时。气象万千的沟壑峁梁，使绥德成了拍摄中国历史题材影片的天然影视城。影视剧《人生》、《巍巍昆仑》、《大转折》、《中国命运的大决战》、《延安颂》等许多影视剧的主要场景都是在这拍摄的。

黑家洼是个深山中的村庄，七沟八梁一面坡，坡上梁下坐落着星星点点的窑洞，这个只有二三十庄户人家的小山村，村民们世代日出而作日落而息，却一辈子守着贫穷。几年前，村里才拉进电线点上电灯。

刚进村口，一只小黑猫忽然从路边钻了出来，仿佛知道我们要去那似的，窜到前面为我们带路。跑了一段路，蹲下回头看着我们，然后一蹦一跳又窜到前

《延安颂》剧照

《大转折》剧照

《巍巍昆仑》剧照

面。奇了怪了,它直奔背靠山坡的三眼窑洞,那是王凤英家。

小院子静悄悄的,只有四五颗枣树在风中摆动。显然,没听见汽车马达声,村里对这伙徒步前来的不速之客没有思想准备。徐副部长走进院子后,一边叫着凤英的名,一边推门而入。只见昏暗中,凤英独自盘坐在炕上,见客人进门,她吃了一惊,赶忙摸索着下炕穿鞋。

老人显得黑瘦,背有点驼。81岁了,看上去腿脚还利索,耳不聋、眼不花,还有一口好牙,头发也不见花白,只是生活将所有的磨难,都刻在了她那饱经风霜的老脸上,从她忧郁的眼神中透出。可能岁数大了,眼睛里总像是噙着泪花儿。望着风烛老人,我心中涌动着酸楚。这,就是当年的四妹子?

我环顾老人的栖息之地,简单得一目了然。一床被子、一个破旧炕柜、一个大水缸、一个小炕桌、一个凳子,锅台连着炕,上面放着一碗未吃完的玉米棒。在这间屋内,所有的家当全在这摆着,最值钱的电器,竟然是那只吊在屋上方的电灯泡。我突然有了一种苍凉感,孤独的老人,正在打发着所剩不多的孤独的日子。这个深山沟,仿佛离世界很远,外面精彩的世界不属于她。

我意识到,这眼窑洞连同它的主人,一定盛载着太多的苦难,它心里明白,却说不出来。

“老人家,咋一个人住这呢?”徐副部长上前握着她的手与她拉话。

“这是三儿子的房,几年前我那苦命儿子得白血病走后,俺舍不得离开这屋,孙子外出打工后,就一个人住。”

“生活可好,谁来照顾你?”

“好着哩!我身子骨还能动,不用儿孙们烦心!”说着,她转过身子翻出几双鞋底子,“这是给我孙子做的,有五双,我还为他摘了点羊绒,给他做件坎肩……”看得出来,经常下乡,并为老人送这送那,两位部长在凤英眼中已经俨然是个恩人,彼此间已经很熟了。正说着话,老人那住在崖畔下的儿媳带着一帮人赶来了。

“这是县上的干部,来村里检查工作,顺道来看看你!”徐副部长指着我对凤英和她家人说。转身又低声对我说,现在啥也别问,看情况!

当着众人面,徐部长有意拉高了嗓门:“老人家,三下乡时,政府已经给你准备了一台电视机,用不了多久就给你老送来。不用装卫星,你这

天朗地黄歌苍凉

个地势,说啥也能收三四个台。"凤英开心地笑了。距离一下子拉近了。

我们边走边拉着话,凤英领着我们看完另两眼窑洞后,不知不觉一个多小时过去了,老人搬出凳子,坐在屋檐门下,我们席地围坐,拉开了家常。脖子上系着红丝带的那只小黑猫,不知何时也窜到了老人身后的窗台上趴着一动不动。

"你什么时候嫁到黑家洼来的?"我小心翼翼地开始问。

"16 岁那年,我记得,是正月初八。"

"你家姊妹几个"?

"姊妹三个,我是老三,还有三个兄弟,兄弟姊妹总共六个。"

"你怎么嫁到这么老远的深山里来了呢?"

"我是让常永昌害哩!"老人激动了,提高了嗓门,声调有些颤抖。由于我听不懂绥德土话,徐副部长忙在一旁为我翻译。

"咋回事呢?"

"我娘家在三十里铺的雒家沟,家里有 30 多坰地,现在是一百多亩吧。家靠公路旁,也算是个殷实的大户人家,十里八乡远近闻名。在娘家时,我 14 岁时就学会了纺线织布,绣花针线活样样会。每天光织布就织两丈,能干着哩!"老人打开了话匣子。

徐副部长在一旁插话,那时候,凤英人长得俊美水灵,心灵手巧,贤惠能干,

"四妹子"王凤英　王瑞平　摄

乡里乡亲见了都夸这闺女。在三十里铺，她家境殷富，人长得漂亮，十里八乡，上门提亲的人踏破门槛哩！

"那首歌唱的是真事吗？"

"那是瞎咧咧，全是胡说八道！"老人气上心来。嘴唇哆嗦着。

"三十里铺有一个叫常永昌年轻后生看上了我。他是个脚夫，常年走口外(走西口)，人长得倒也机灵，能唱又能跳，是当地一个有名的伞头。于是，他家就托人上我家提亲，我父母一口回绝，以后又多次提亲，都碰钉子而回。提亲不成，他就开始编曲唱开去，坏我的名声，歌词编得可难听了。三十里铺是脚夫南来北往的歇脚处，光棍们聚在大车店里，喝酒唱曲取乐，就这样，在当地流传开了，一传十，十传百，很快从绥米、神府一带流传到口外，成了脚夫们路途消遣的民歌。这歌词是常永昌编的。这歌害了我一辈子！"

"那个三哥哥郝增喜呢？认识不？有没有恋爱那回事？"

"认识，是离我家不远的邻居，比我大三岁，我和他从没拉过一句话。那些事啊，全是瞎编。其实咱俩没关系，好人担了个赖名誉。名誉坏了，死的说成了活的，我的日子没法过，在家没法呆下去了，父母就赶忙将我嫁到了深山沟里。"

"听说你给八路军纳过鞋，送过粮？"

"粮没送过，鞋子做过，但八路军是付给我钱的。"老人回答。

"人家说你嫁了个瘸子丈夫？"

"说甚啊，他是个老实巴交勤快的手艺人，做木匠活，我两口子感情可好哩。有一年，他下地干活，拣回一个铁玩意，后来才知道那是日本鬼子的手雷。我那口子很高兴，回家想把那玩意改成一个秤砣，就敲打起来，没想到轰的一声，把腿给炸了，命是拣回来了，但腿瘸了。压根就不是人家说的瘸子。"老人越说越快，嘴里嘟嘟囔囔，看得出来，她动气了。

"那首歌她听过吗？"我回头问徐副部长。

"听过，最早还跟着唱呢，后来人家告诉她说，歌中唱的是你哩！从此她就不唱了，村里也没有人敢唱，再也没人敢提这首歌。现在新编的大型民歌剧《三十里铺》，故事情节作了很大的改动，没让她看⋯⋯"

凤英老人这番话，揭开了《三十里铺》六十多年来的谜底以及她的苦难身世。原来如此！所谓的真实故事，只不过是老百姓的一种美好想象,是战争年代众多"三哥哥"、"四妹子"们的缩影,它是一个时代的记录。

令我百思不得其解的是,那天,究竟是什么魔力,使她打破了半个多世纪的沉默,将埋藏在心灵深处的秘密娓娓道了出来?一个"情"字,让她在人生的戏剧舞台上,活生生地上演了一个女人从妙龄少女到耄耋老妇柔肠寸断的悲喜剧。

历史原来如此……

"三哥哥"郝增喜故居

"四妹子"王凤英的家　施雪钧 摄

第四节

民歌《三十里铺》对王凤英一生造成的伤害是显而易见的。但在中国民歌史上，它是一个时代的见证，这首不朽的金曲，有着其独特艺术含量。对此，中国艺术研究院的民歌研究权威乔建中研究员在《中国经典民歌指南》一书中对其的定义是："此歌是 20 世纪 40 年代初延安音乐工作者(佚名唱，黄准记，流行与绥德一带)记录下来的……随后，这首优美动听、脍炙人口的陕北民歌便广为流传。全曲有浓厚的抒情性，歌词深情地咏唱了一个美丽而又有些凄美的爱情故事，在高度抒情化的旋律中融入了叙事因素……"

而今，《三十里铺》已经成为绥德县及榆林市乃至陕西省的著名品牌。正因为老人对绥德县有特殊贡献，王凤英受到了政府的特殊关怀。她曾被选为绥德县政协委员，并从 2004 年起，享受政府每月发给她 600 元生活费的待遇。就在我写这篇文章时，陪同我去采访的王副部长打电话告诉我，今年元旦前，县委书记专程去了黑家洼看望老人，将她每月的生活费提高到 800 元，为她送去了党和政府的关怀。歌中的另一个人物原型"三哥哥"郝增喜，早年从新疆转业到地方后，已在 1997 年病故。他的故居，现在已成了绥德县的文物保护地。而《三十里铺》的作者、贫苦农民常永昌老汉，也早在 1990 年去世……

我们围着老人，继续拉话。

徐副部长对凤英说："老人家，听说你前一阵子还去了一趟北京？你现在名气可大哩，国内外都知道你的名字！"谁知她马上接口："我是名声大，可你是官大！当了官不用吃洋芋！"。接着她又说："绥德有个女歌手唱我的曲，奖了一栋值 15 万元的楼，可我名气比她大，可咋还受穷呢？我闹不明白，为啥贫富不均？"

老人风趣的回答，让在场所有的人都哈哈大笑起来。

"正因为你对绥德县有贡献，县上每月给你开支 600 元，还给你报销医药费,这就是对你的特殊照顾。"徐副部长说完接着问:"国家每月给你生活费,你够不够用?"

"够哩!"

在旁的王副部长对我说:"你看,问她每月生活费够不够,她说够,实际上不够。凤英这个人就是这样,自己省吃俭用啥都舍不得用,这点钱全给孙子外孙了,这个成家,那个外出打工,那个不给?连重孙子也给 10 块钱呢!"徐副部长转而又补充:"她不是一般的婆姨,性格非常刚强,是当地一个能人,能干又能吃苦,在深山沟里,一个女人家,养家糊口、生儿育女,把一大帮儿女拉扯这么大很不容易。她有三个儿子,都是手艺人,还有两个闺女。三儿子前些年得白血病死了,她很伤心,现在住的三眼窑洞,就是三儿子盖的。孙子们也都是由她带大,现在都走哩。"

本书作者施雪钧采访"四妹子"

"四妹子"王凤英 施雪钧 摄

"那你现在最想得到是什么东西?"老人迟疑了一会回答说:"我老了,别无所求了,政府每月给我的钱也够花。不过,在这深山沟里,我还是想要部手机,能与在外打工的孙子联系!"

"你一家现在有多少人口?"我问她。

"有 12 个孙子,20 多个外孙,最小的重孙也 6 岁了,一家四代三四十口人!"

"你的枣树一年能下多少枣,能卖多少钱?"

"不卖钱,自己吃!"

看着非常整洁的院子,徐副部长又

问:"你的围墙是不是政府出资三千元钱给你修的?"

老人激动了,嗓门也大了:"不是,是我自己出钱修的? 国家的东西我不能随便沾、随便拿! 我不能像有的贪官那样,什么都想要、什么都想拿! 都像我这样想,国家就好了……"

听者大惊,这个一辈子没念过一天书、一生守着清贫的老人,竟然有如此高尚的境界,她用最普通的话语,说出了一个真理。蓝天、黄土、黄水以及陕北老区那特有的苍凉,不但构筑出中国民族音乐史上一个伟大的乐府,而且养育出伟大的淳朴的人民。

天色渐晚,暮霭上来了。不经意间,两个多小时过去了,我们依依不舍,起身告别老人走向村口。凤英坚持要送我们出村,那只小黑猫不知何时又窜到我们前面。

走下屹梁,我回头一看,猛然发现,当年歌中唱到的那幕动人情景又再现了:豆蔻年华的四妹子站在硷畔上,依依不舍地目送着当兵远去的三哥哥。而今,老人又站在硷畔上,寒风中,那背影一动不动,目送着我们远去……绝了!

我赶紧掏出相机,拍下了这张珍贵而有着特别意境、值得记忆的照片……

第五节

从黑家洼回到县城宾馆,已经是晚上九点多了。

躺在床上,听着采访录音。几小时前在王凤英家的情形,又再现脑中。那昏暗的窑洞,一尘不染的院子,那只引路的小黑猫,还有那窑洞中唯一的现代文明的标志——一只电灯泡,心中不觉五味杂陈,疲惫中有些兴奋。

忽然我明白了,几年来,使我鬼使神差般一次次踏上这块苍凉高原的主要原因,在于身后的一股无形推力。在上海时,有朋友曾诡秘地问我:"你小子一次次往榆林跑,是不是在那金屋藏娇养小蜜?"我有口难辩。

现在,我可有说词了:陕北很奇特,从表面上看,这是块很贫瘠的土地,可你身入其中就会发现,这种表象后面藏有千年文化的积淀。我曾经被这方黄土地上火辣辣的信天游,响遏行云的唢呐,狂欢的秧歌和腰鼓,毕加索式的剪纸和石雕,以及大漠中的长河落日所迷住,可此行最打动我心的,恰恰是绥德"两代四妹子"的命运。

正在胡思乱想,忽然电话铃声大作,是雒翠莲打来的。

"我听说你来了,急着要去看你,打

秦扶苏墓　邵奇青　摄

秦大将军蒙恬墓

了好几次电话,你都不在房间。明天上午,我到宾馆去看你,咱们拉话!"那磁性般的清脆嗓音,震得电话听筒嗡嗡直响。

我真佩服作家高建群那洞察世事的眼光,他说:苦难的陕北,每一个生命来到人间,它的同义词就是"受苦来了",从呱呱落地那一刻起,你就得肩负着一个沉重的使命,这个使命就是如何使自己活下去。

这段精辟的论述,雏翠莲的身世给予它最有力的佐证。

这个从苦难中走出来的绥德土著女歌手,在经历了十几年彻骨贫寒的日子后,终于有一天,一曲《三十里铺》,让她苦尽甘来,从此改变了人生轨迹。她成了"陕北民歌十大歌手"之一,"信天游歌后",《三十里铺》让她一路唱来一路红,成了绥德人的骄傲。

缪斯之神简直太有戏剧性了。同为一首歌,她与"四妹子"王凤英的悲剧人生相比,来了个三百六十度的大逆转。

第二天清晨,雏翠莲来了。咯咯的笑声充满着房间。

今非昔比了,雏翠莲有些微微发福,红润的脸色,使得脸上那道长长的疤痕暗淡了些许。如果再年轻十岁八岁,这个陕北女子,正是"信天游"歌中所唱的"光格堂堂的眉脸,墩格实实的身,黑格油油的发辫,忽闪闪的眼"的翻版。如今,她的身上已没了"受苦人"的穷酸气,而多了些城里人的洋气。只有在她"土得掉渣"的歌声中,你才知道她原来曾是苦水中泡大的农民。

我回想起第一次见到雏翠莲的情景。那是四年前,在榆林歌手参加"上海之春国际音乐节"演员走台选拔中,她穿着土气十足的红肚兜走上前,岂料,用地道的绥德土话演唱的《三十里铺》、《老祖宗留下个人爱人》,一下把我与几位上海的音乐权威震住了。那歌喉,明亮水脆,甜美通透,土得掉渣,原声原味。她的歌声,没有受到任何"污染",沾满了千年的黄土泥腥味。

果然,她在上海很出彩。排练厅里,银幕上名字出现最多的指挥家王永吉在排练完《三十里铺》后忽然转身对她说:"翠,再来一遍,我还想听!"话音刚完,乐团全体成员敲击着乐器而鼓掌,那些合唱团成员,一个个也听得如痴如醉。

这样的事,并非仅仅在上海发生。有一次在北京,雏翠莲唱给了音乐家田青听,一首《老祖宗留下个人爱人》刚唱完,田青激动了,马上抓起了电话打给京城一个的大腕："你赶紧过来听，这首歌他妈的唱得我实在太激动了，这才是真正的原声民歌。"

我们闲聊着，话题扯到了王凤英老人。

"听说你见过凤英，还在她面前唱《三十里铺》，没挨棍子？"雒翠莲笑了。

"我心中有个遗憾，天天唱《三十里铺》却从没去过三十里铺，没见过四妹子。直到大前年，中央电视台《走遍中国》摄制组要去拍摄王凤英，我就和他们一起去了。

"一路上，大家很少说话，因为我知道，到了黑家洼，也难说能见到凤英老人，更不用说拍电视哩。果然，村里人对我们很冷淡，躲得远远的，凤英也不见了踪影，没想到，在村里，我们等她、找她，竟花了一个半小时。原来，她儿子将她藏了起来，死活不让见！

"县上领导很无奈，与她儿子足足交涉了一个小时，就是不让见。后来，我找到了她藏身的地方，像孩子一样地哄她，和她拉话，给她梳头，给她按摩，过了很长时间，凤英跟着我出来哩。在她的家里，我第一次当着她的面唱了《三十里铺》，老人静静地听着，眼角噙着泪花，一句话不说。过去哟，可没有人敢在她面前唱这歌。这让中央电视台的编导们非常感动。可凤英她，就是闭口不谈自己的事。见面半个多小时，我们就走哩。

"嗨，民间传唱的《三十里铺》歌词

陕北青年歌手雒翠莲　邵奇青　摄

雒翠莲演唱专集(一)

啊,太酸了,可下流哩,伤透了她的心!"

"凤英一生受苦,可我听说你原来也是个受苦人,而且从没跟别人谈起你的身世,能不能说说你的事?"我问。

"嗨,说来话长,太苦哩!"翠开口了。

"我娘家在绥德县的雒家畔村,离县城有八十来里地,在深山沟沟里,路陡难走,如果要上一趟县城,起码要走四十里,才走到公路。我的家境够苦哩。十八岁那年,才走出了深山沟。那时,村里办了一个业余晋剧团,招收了十几个学员,我考上了,开始在剧团里跑龙套,唱上戏了。说是剧团,其实就是个草台班子,几辆牛车,拉着简易道具,在附近一带的农村到处转。"

"你家的情况怎么样呢?"

"很穷,太穷哩!我家兄弟姊妹四个,我老二。从小到大,我从来就没穿过新衣服,全是大人的破衣烂衫改的,那时家里穷,我们几个娃连内裤都穿不上。"

"那你怎么会唱上歌的呢?"

"我爸唱得可好哩,他是个老农民,从小我就受他的影响。我们村又是县里的文化之乡,村里会唱歌的人可多哩。每到正月十五,村里闹秧歌,我就参加。我记得,那时,村里还没有广播大喇叭,家里只有一台矿石收音机,我就常常趴在桌上听民歌,不懂就问村里人,这歌咋唱,那歌咋唱,就这样,我学会了很多民歌,后来又学唱了晋剧。

"从小,我就没有进过什么艺校,也没有老师教,全靠自己学。在业余剧团里,偷偷学艺。"

"那你记不记得你的第一次登台演出?"

"记得,我咋会忘呢?那年冬天,我穿着一条大棉裤,里边连一条裤衩都没有。老师让我上台说快板,可一上台后,底下的人就笑,我弄不明白,他们为什么笑。原来,笑的是我屁股上的一个洞,棉花还在外边露着哩。那时我在上小学,因为我吐字比较准,感觉也好,从那以后,学校有什么活动都让我参加了。第一次唱歌,是在考业余晋剧团的时候。

"进了剧团后,根本没人教你,团里的主要演员可保守了,生怕教会了学生自己丢了饭碗,没办法,我就向乐队师傅偷着学。有时,听到关键的东西,赶紧找纸把它记下来。就这样,我在跑龙套的两年多里,学会了很多戏,也学会了不少小角色。有时,主要演员病了,我就自告奋勇去顶,剧团很多人有怀疑,这女娃行不?结果,我上去后还真的拿了下来。"

"那时,业余剧团演出有报酬吗?"

"我进去时,因为交不起学费,只能打杂活顶。到了第二年,每月开始挣五块钱。

"我记得,那年过年回到家里,我给了父母22块钱,这把他们高兴的,见到人就说,我家女娃能挣钱哩!

"那时候,我已经18岁,穷得什么也买不起。每个月,唯一不能省的,就是洗衣粉。洗脸的肥皂,是拣别人用下的肥皂头捏在一块使用,抹脸用的油,用的是一毛钱的蛤蜊油,什么化妆品、衣服啊,我只能看,舍不得买。就这样,攒下了22块钱。

"到了业余剧团第三年后,我成了主要演员,演的是小生。可我什么角色都会。在戏中,客串老旦、妈妈生、媒婆,什么都上。

"有一年,陕北下大雪,剧团在一个农村演出,这出戏演了三天,村民还不愿散去,还想看下去,他们很喜欢我演的戏。不久,这事就传到了县剧团。

"过了不久,当团员们坐着三辆手扶拖拉机下乡时,在县剧团门口被拦下了,县剧团团长张宝生问:'你们剧团有一个嗓音特别好的唱小生的女子,现在还在不?'哪知业余剧团团长告诉他,这个人

雏翠莲 施雪钧 摄

雏翠莲演唱专集(二)

早不干了！坐在前面车上的我还蒙在鼓里！你想，那时的县剧团非常有名气，多少人想往里钻哩！"

"后来，你又怎么到的县剧团？"

"当我知道了这件事后，趁那年冬天剧团休息时，我就偷偷跑去了县里，找到了张宝生团长。县剧团马上收下了我。

"业余剧团的日子可苦哩，常年在外奔波。翻山越岭，睡冷炕，吃酸菜和馍，常常是三天换一个地方，搭台唱戏，年轻轻的我，落下了一身病痛。

"到了县城剧团后，很快，生活又成了大问题。在县城里，我举目无亲，临时住在团里的破房子里，屋里只有一张床，什么也没有。寒冬腊月，室外零下几十度，人在室内冻得直哆嗦。那时的我，每月工资18元，买不起取暖的炉子买不起煤，没法自己做饭吃。只能买几个馍，弄点咸菜，一杯热水，算是一顿饭。就这样，我凑合了一个冬天，那日子过得哟，你想象不出有多难。

"夜晚，我躺在冰凉的被窝里，常常泪流满面，我的命咋这么苦？我又怀念起业余剧团的日子，尽管常年下乡，可不管咋的，起码管饭啊！

"到了第二年六月，我实在混不下去了，于是辞去了县剧团的工作，回到乡下，又跟上了业余剧团。

"其实，这样的苦日子到哪都一样。那时陕北有些山村，山高路陡，没一条像样的路，驴车牛车都很难过。有一年，到子洲县农村演出，毛驴驮着道具箱子，我们在后边跟着步行，从早上六点开始走山路，走啊走啊，走不动了就歇，歇了一会又走，就这样，一直走到深夜一点，才到了一个地方歇脚，大伙喝了一碗稀粥，吃了一个馍、一点咸菜后，歇在了山上，说是明早晨接着上山。那个晚上哟，在漆黑的小山村的一角里，麻油灯下，大伙挤作一团，相互依偎着昏昏睡下。这个山村的夜晚，我到现在也难忘。"

"你什么时候成的家呢？"我问雒翠莲。她迟疑了一会开口了。

"二十四岁那年，在县剧团时。

"94年那年，我身体不好生病躺倒了。生活实在太困难了，我开口向剧团的同事借20元，却没人借给我。这并不是我人缘不好，主要是我太穷哩，人家怕我还不上嘛。你想想，在县剧团的那些年里，我居无定所。

租不起房,只能是看哪家房子空着,就临时住一段时间,甚至连人家做饭间也住,白天人家烧火做饭,晚上成了我的歇脚之地。而且里面不烧火,我又买不起羊皮褥子,时间一长,就落下了一身病。

"就在我生病和最难的时候,团里的一个小伙子时常照顾我,我们就好上了。他是剧团乐队的,拉晋剧板胡、弹三弦、吹唢呐,像个'跑龙套'的,什么都干;又是我的老乡,住一道沟里,他家在四十里铺,我的家在雒家畔村。别看我穷,可我心里可要强哩,两人好上后,我不想让人说闲话,心想,随便找上一个人结婚算了,这是我的命。就在二十四岁那年,我们成了家。"

说到此,雒翠莲忽然抽泣起来,泪珠顺着脸颊滚落了下来,半晌,她没说话。

"这门婚事,遭到我父母的极力反对,因为老人看不上他,嫌他家穷,又是个唱戏的,人长得丑不说,还没一丁点本事,说什么也不同意。

"可不管大人同不同意,生米已经煮成熟饭,婚还得结呀。就这样,我们俩也没有办喜事,拿上证书,就算成婚了。可怜啊,新房设在剧团的一间旧办公室里,哪有一点新婚的感觉?家徒四壁,全部的家具,就只有一张破床,一床旧被,一把捡来的旧靠背椅子。那日子过得,寒酸啊。

"吃饭时,靠背椅子当饭桌,椅子上面垫上报纸,四周用一块布围着,当作碗

出嫁之前　田捷 摄

掀起你的盖头来

橱,油盐酱醋瓶子什么的,全放在底下。因为 94 年那会,你就是有钱,整个县城里你也买不上家具,结婚办喜事,各家全是请木匠打家具。结婚第一年,我就是这么穷。

"直到第二年,婆家才送来两床被子,送来一套组合家具,而我家,连一针一线都没送。直到我生娃坐月子时,娘家才托人捎来了一袋面。"

雒翠莲失声哭了起来。好一会,她才抹去了眼角的泪水,平静了下来。

空气有点凝固、尴尬。我没想到,我的提问,竟然触及了她心中隐藏了多年又难以启齿的往事。

过了很长一会,我们又开始恢复了谈话。

"那婚后你们俩工资加一快,应该可改善些了吧?"

"嗨,苦着呢!不知从什么时候开始,老公喜欢上了打麻将赌钱。常常是一个晚上,将一个月工资输了个精光,欠下不少钱不说,借了钱还去赌。于是,家中闹翻了天,有时吵得家中天昏地暗,那日子啊,简直没法过下去。

"我真急了,顾不上脸面,他赌,我知道地方后,就去掀桌子搅局,谁借钱给他我就骂谁,这一闹腾,老公受不了了,有一天,跑到黄河边要跳黄河寻短见。周围人眼看要闹出人命,四处找他,才把他拉了回来。那次大闹之后,他改去了这个毛病,日子才算安稳下来。"雒翠莲接着说。

"在县剧团那些年,经常下乡演出,人累得不行。有一天,我对老公说,我不干了,唱了十几年戏了,唱够了,你如果还想要我下乡,我就离开这家!没办法,老公只能顺从了我。

"我留职停薪离开了剧团,可又能干什么呢?上世纪 90 年代中期,歌厅开始在绥德出现。我就开始一家一家地跑歌厅,磨破嘴皮子,就是没人要我。后来通过关系,找到一家歌厅的老板,我才有了机会上台唱民歌。

"这段人生经历让我特别难忘。开始唱时,一首歌才两块钱,后来变成五块,最后唱一首歌给十块钱。天那,头一个月,我就挣了四百五十多块钱。长这么大,头一回见自己能挣这么多钱,可多哩!你想,那时在县里上班的人,包括县剧团的团长,一个月顶多也就挣个 90 多块钱。我看着手中的票子,所有的酸甜苦辣,全涌上了心头,眼泪簌簌地往下掉。

"年关已到，我拿到钱后第一件事就是想，今年，我可以过个好年哩！可以买肉、买粉条、买大米，买些年货哩。从小到大，家中贫困，我过的是苦日子，从来没有过个像像样样的大年，也从没大口大口吃过一顿猪肉。这一年，我拿出了两百块钱，在县城里打工的弟弟拿了一百元，合在一块，全家一起过了个舒坦年。这个年，可过好哩！"

　　"可是好景不长，到 1997 年时，歌厅都改成了卡拉 OK 包间了，不适合我唱歌了。于是，我就在城里开了一个小门店卖上了布料，没挣着钱，赔了！没办法，我又干上了老本行。这回，我到了'老榆林'酒厂唱歌，因为我唱得好，别的歌手月薪一千五，而我的月薪是两千块钱。"

　　原来，榆林有一家很有名的"老榆林"酒厂，为了让"老榆林"销路更广，酒厂在当地农村招募了几百个唱陕北民歌的业余歌手，每月发工资，然后将他们分成一组一组，由销售部门统一调派，每天在销售地区的饭馆酒楼，免费为喝"老榆林"的食客唱民歌。

　　"当酒厂歌手的日子过得怎样?"

　　"我们一个大组有三组组员，可人家点名要听我的歌，没办法，只能拼命赶场子，有时候，一天得赶二十七八桌，那个累呀，回到家后，连弯腰脱鞋鞋都脱不下来，什么都不想干，倒头就呼呼大睡。

　　"你想，有些大饭馆或酒楼，上下有两三层，我们两人抱着大电子琴，扯着电

酒歌

采风看排练　邵奇青　摄

线话筒,上下来回赶。有些客人喝醉了,还净受气,特别难对付。按规定,开一瓶'老榆林'唱三首歌,可有些客人就是死缠着你不让走,后边的酒桌呢,又打电话紧着催,去晚了看人脸色挨人骂成了常事,嗨,太难了!"

"你脸上那道伤疤是怎么回事?"

"是让人家砍的!那是在酒厂当歌手时,有一天晚上,我到19道桥一家小饭馆里去唱歌,刚下车,黑暗中见一个陌生男人疾步朝我走来,我一惊,觉得来者不善,就大叫起来,只见他快步走到我身边,拿着东西在我脸上一划,一阵刺痛,我用手捂着脸,鲜血顺着指缝流了下来,我被破相了。夜幕中,行凶者不见了踪影。同行的人见状,马上将我送到了医院。手术整整做了四个小时,缝了三十一针。可行凶者早已溜了,黑暗中又没看清长相,只能自认倒霉。事后,公安局分析了案情后说:一可能因推销酒的缘故,两家酒厂之间竞争,另一家酒厂报复我,因为自我唱歌后,'老榆林'在这儿卖得特别火。第二呢,也可能是我在酒场得罪了人家遭到报复。可不管怎么说,案子始终没破,吃亏只能是我了!

"有什么法子呢?我这一路,走得特别坎坷,老公又是个老实人,没啥能力,挣不着钱,一家三口的生活,全靠我唱歌挣钱支撑着!"

雒翠莲长长地叹了一口气,眼神中掠过了一丝往日的忧伤……

第六节

时间在静默中悄悄流逝。

我不知道,她是不是因为往事触动了隐痛,需要暂时的疗伤,还是因为第一次向我透露了过多晦暗的生活而显得精神疲惫。其实,生活经历对于每一个人来说,都是不能重复又不能忘记的,它们就像一个生活的副本,即使你不想打开它,它也会永远完好地保存在你的硬盘里。

而雒翠莲这位农村女娃,悲剧性的经纬线,编织着她的生命历程,并竭尽全力地折磨她,然而突然有一天,出现了戏剧性情节,她受难、苦闷、窒息的命运,出现了新的曙光。

"那你是从什么时候转运的?"我问雒翠莲。

她脸上的阴霾渐渐散去,情绪转了过来。

"彻底改变我命运的是2002年榆林市首届陕北民歌大赛。

这次大赛,每个县都经过层层选拔,送上了一批民歌手参赛。那时我在家里,消息很闭塞,不知道有这回事。到了我去报名时,时间早过,已经报不上了。绥德县里共推荐了八个歌手前去比赛,结果,有一歌手不知为何放弃了,县里才

绥德永定桥

绥德千狮桥

把我作为替补顶了上去。"

的确,人生重大的转折,有时竟是发生在不经意的细节之中。

这届比赛,许多参赛选手都是艺术院校毕业的,还有不少是地方歌舞剧团的专业歌手,他们受过专业训练,有专业老师教。参赛人中,只有雒翠莲显得特别土气,是地道的原声土著唱法。当时,雒翠莲报名参赛的歌曲是《山丹丹开花红艳艳》。

民歌大赛评委、榆林市民间艺术团副团长、作曲家景通玉在审视了绥德参赛歌手所报的歌曲后很不满意:

"这么有名的一首《三十里铺》,难道你们绥德来的歌手一个都不会唱?"他转身问雒翠莲:"你会不会唱?"

"会唱。"

"那你唱给我听听!"

结果,雒翠莲用绥德方言唱了这首歌。景通玉听后激动了:"哎呀,我等了几十年,就在等唱《三十里铺》的歌手出现,今天终于等到哩,你马上换歌,就唱《三十里铺》。"

比赛那天,雒翠莲一唱这首歌,台下观众有鼓掌的、喝彩的、吹口哨的,气氛一下子上来了。结果,在那次大赛上,她获得第一名,得了三千元奖金。

第二年,她又代表榆林市,到西安参加了陕西省民歌大赛,唱的也是《三十里铺》,又得了第一名。从那年起,雒翠莲的命运彻底转变了。她坚持土著唱法,现在叫原声唱法,将《三十里铺》唱出了名。

"唱《三十里铺》时,你了解过凤英的故事吗?你又是如何唱出这首歌的韵味的?"我问她。

"我听别人说起过《三十里铺》的故事,我能想象出当年三哥哥和四妹子的情景,它带我走进了这意境中。"雒翠莲说。

一个人生命中最大的幸运莫过于在她人生途中的关键时刻,得到贵人相助。在雒翠莲艺术生涯刚刚起步时,又一次点拨她的,是延安歌舞团的一位王老师。2003年时,他来榆林招演员录音,雒翠莲模仿专业人士的唱法,用普通话演唱。他听后对她说:翠,你不用模仿别人,就用自己家乡话唱,平时你怎么说话,怎么吐字,你就怎么唱。这一句话,顿时让她开了窍。从此,雒翠莲彻底改变了一味模仿的唱法。她说:大山里出来的娃,就应该用大山里的语言唱。

雒翠莲的经历,引起了我的深思。陕北不少歌手,现在正在丢掉最宝贵的原声,往专业"套子"里钻,把黄土韵味给磨没了。

我想起了我的忘年交、声乐教育家白秉权与我讲起的有关她的一段痛苦经历。上世纪60年代初,白秉权演唱的陕北民歌,以字正腔圆、嗓音甜美、质朴无华、声情并茂而红极一时。就在此时,一心想步入事业新高度的白秉权,忽然在美声和民声中迷失了方向,走入了误区。这个致命的"迷失",差点断送了她的艺术前程。经过几年的痛苦思索后,白秉权从失败与挫折、经验与教训中走了出来,她从自己十几年的演唱经验中,总结创新出白氏独创的"真声假唱,假声真唱"方法。这一声乐理论上的重要发现,在全国很多音乐学院的教学实践中,获得极大的成功,培养出很多知名的歌手。白秉权的门生、"陕北民歌十大歌手"孙志宽就有一段难忘的经历。

有一段时间,由于受到外界的影响,孙志宽走入了误区。在白秉权的课上,他忽然改变了自己发声方法,来了个"土改洋",信天游唱得像咏叹调,白秉权脸一沉,敲打着琴盖说:"你唱的是什么嘛,土不土,洋不洋,哪个老师教你的?"孙志宽马上恢复了原样唱法。

岂料几天后的课上,他又用了这种唱法回课,白秉权听后,猛然将钢琴盖盖

白秉权出版的部分著作与音像制品

陕北青年歌手孙志宽

白秉权在辅导孙志宽

上后站起身说:"你不愿学完全可以,可是你要知道,丢掉了陕北民歌的泥土味,等于丢掉了你的根本,要学洋唱法,任何一个大城市都可以找到许多条件更好的,轮不到你孙志宽!"这番教诲,使孙志宽脱去浮躁,对自己有了清醒的角色定位,他找回了"根"……

如同孙志宽一样,幸运的雒翠莲在即将"迷失"方向时,经高人一点拨,她立马牢牢地将"根"抓住了。

苦尽甘来。2005年这一年,成了雒翠莲幸运之年,她连中三元。

这年2月,在陕西省举办的陕北民歌大赛上,她折桂,得了特等奖。紧接着,在8月举办的陕西省的民歌大赛上,她又摘得第一名桂冠,奖品是价值15万元的西安商品房一套。这次大赛,可谓风波叠出。

在四天的决赛中,第一名经过反复推敲,最后尘埃落定,给了雒翠莲。这个奖得来实属不易。原来有指向的人选,在大赛评委——中国艺术研究院的乔建中研究员、作曲家赵季平等名家的极力坚持下被推翻,而没有任何关系背景的雒翠莲,赢得了金奖。原因是,她的演唱打动了所有评委。

雒翠莲回忆当时的情景时,嘘唏不已,情绪难以自控。

"那天走出赛场之后,我突然发现自己的头发大把大把地掉,民间说是'鬼剃头',头顶上掉了老大一块。这场比赛,给我的刺激和压力实在太大了。在进演播大厅前,我一天没吃饭。回到旅店后,我也不敢出去吃饭,因为我住在一个僻静小巷中房价仅44元钱的一个小旅馆店。一个晚上,仅只吃了一个核桃。"

《罗曼·罗兰传》作者、奥地利作家斯蒂芬·茨威格说:"人在极度紧张和悲痛的情况下,会忘记喝水,忘了吃饭,忘了所有的恩恩怨怨,甚至失去对异性的渴望。"这滋味雒翠莲尝到了。

"嗨,那时的心情复杂得难以形容,突然间得了一套西安的住房,这是我做梦都没想到的。这是真的吗?我一遍一遍在心里问自己。这时的我啊,已掉入了云雾中,连步子都迈不开,路也走不动了,自己看不清自己了。所有的酸甜苦辣,一起涌上心头。我抱着被子,痛痛快快地哭了一场,心情才慢慢平静下来,那个晚上我不知道是怎样过来的。"她说。

"到了10月,我又代表陕西省进京,参加全国第三届南北民歌擂台赛,得了'十大歌王'称号。也就是说,2005年,我连中三元。这一年,让我终身难忘。

"从那之后，我的经济状况转变了。演出开始多了起来，一年能挣个三四万元钱。现在，我的出场费最高的是5000元。经济条件改善了，我在县城里买了房，加上西安的住房，我已经有两套住房了。"雒翠莲笑着对我说。

"你现在录了几张唱片，有多少保留曲目？"我问她。

"西安音像出版社已经为我出了张《想哥哥盼哥哥》专辑，第二张正在筹划中，很快会出版。我现在已经积累了《三十里铺》、《小寡妇上坟》、《老祖宗留下个人爱人》、《一枝梅》等几十首歌。再录上两张唱片都不成问题。现在，我已经自己收集、整理、加工和改编民间的老民歌了，已唱了不少歌哩。"

她的话，让我吃了一惊。

早期活跃在陕北的农民歌手，大多自编、自唱，是个多面手。而现代的歌手，已经成为一个"拿来主义者"，模仿性地诠释成了主流。就像18、19世纪的音乐家们，既创作、又演奏，而现代音乐表演者只演奏，不创作。

陕北民歌民间创作队伍的断层，现在正在被雒翠莲等新一代歌手重新衔接，她们从民间来，又走回了民间，无论如何，这是非常有意义的真正的传承。

正聊着，雒翠莲的手机猛然响了起来，来电话的是她老公。只听见她对他说，赶紧去商店买两斤"老阎家"南瓜子，

绥德黄土地艺术团亮相欧洲

绥德汉唢呐团

马上送到宾馆来。不一会,她老公开着车过来了。让我再次吃惊的是,仅仅几年时间,她已经拥有私家车了。

……

那次绥德长谈后,一晃两年过去了。不料想,去年冬天,我们在榆林去西安的火车上又不期相遇。由于接连几天的大雪,航班被取消,无奈,我只得改坐火车。傍晚时分,车到绥德站,一个熟悉的身影上了火车,原来是她。

雒翠莲看见我后,显得很惊诧。当她安顿好座位后,来到了我的软卧车厢,笑盈盈地递上一张唱片:"这是我新近出版的第二张专辑!"

这是陕西音像出版社出版的一张《雒翠莲原生态陕北民歌专辑》,收入了 17 首民歌。她告诉我,其中《偷红鞋》、《乱刮风》、《踢绣球》、《钉缸》、《走榆林》等 11 首民歌,是她从民间收集、改编的,有几首,还是她自己写的词曲。在包厢内,她轻声地唱起由她编写歌词并谱曲的新编民歌《走榆林》:

> 翻过一道道山来走过一道道沟(哎),
> 吼上那两声信天游朝(呀么朝)前走。
> 人常说是铜吴堡(呀么)铁佳州哎,
> 生铁铸就(绥呀么)绥德州哎,
> 要串榆林你跟我走,
> 横山的花炮震天吼,
> 神府的煤炭运九州,
> 三边的油气走神州,
> 哎哟,
> 桃花水酿成老榆林酒,
> 人人都会唱那信天游(呀信呀么)信天游(哎)……

那歌声,飞出包厢,回荡在车厢里,引来了一批观看者……

雒翠莲告诉我说,她现在已经是绥德县政协常委了,县委书记不仅给她解决了编制,连她老公的编制也解决了。

"我现在好着哩,没了后顾之忧。我的成绩,离不开生我养我的黄土地。作为一个土生土长的陕北民歌手，我要为民歌尽点绵薄之力，因为民歌是老百姓的心声，歌者必须唱出老百姓的心声，千歌万歌不如心里流出的歌曲，金奖、银奖不如老百姓夸奖……"

三十里铺的新一代"四妹子"哟，你活出了自己的风采！

红火

第三章　乌拉山下的"苦行僧"马政川

　　我永远也想不明白,这位"无才可去补苍天"的民间艺人,是什么动力,促使他穷其一生,背着挎包,带着干粮,风餐露宿,一双永不疲惫的脚不避四季寒暑,行进在陕北高原上,在黄河边采访民间艺人,在喇嘛寺院里记谱记词,在红柳沙丘倾听塞上情歌,在乡野山村录记唢呐鼓乐?

第一节

音乐与人性是最相通的。

很多次到陕北，冥冥之中就是想寻找一种东西：为什么这块贫瘠的土地上，会产生那么多感人的、有着非常人性的东西？我想从民间音乐中去寻找。因为那方土、那些人、还有那些歌，总是给我带来灵感和惊喜。

车行在榆神公路上，我感慨这方黄土地上发生的裂变。几年来，我多次走过这条路，每一次，都亲历了它的变化。

记得有一年深秋时去神木，扑面的秋风让人感到有点凉，但它并没有带走远山和沙海中的绿意，在 67 平方公里的沙漠中最大的淡水湖红碱淖边，一泓秋水，波光涟涟，成群的候鸟在湖面上嬉戏的景致，让我这南方客深感意外。

神木有点"神"。

这个建制于秦汉的边塞之地，有 7635 平方公里的土地。北部是风沙草滩区，南部是丘陵沟壑区。每家每户，散落在峁梁上。民歌手孙志宽的拿手好戏《泪蛋蛋泡在沙蒿蒿林》，就唱出了奇特地貌中那些庄户人的相思苦：

> 大路畔上灵芝草，看见（那个）妹妹（哎哟）比谁也好。
> 羊肚子手巾（哟）三道道蓝，见面（那个）容易（哎哟）拉话话难。
> 你在（那）山来我在沟，拉不上话儿（哎哟）招一招手。
> 瞭见那（村）村瞭不见人，泪（个）蛋蛋抛在（哎哟）沙蒿蒿林。

新千年后，黄河上的一声春雷，神木苏醒了。

贫瘠的土地，在经历了无尽苦难之后，忽然间地底下冒出了一个"科威特"，黄土下，蕴藏着 500 亿吨煤，按年产一亿吨计算，可开采五百年。

迅速崛起的现代工业文明，猛烈冲击着农业文明。"三年一小变，五

天朗地黄歌苍凉

年一大变",使黄河边这座山清水秀的县城,成为陕北高原上颇有"塞上江南"韵味的一个富庶中小城市,跻身全国百强县行列。

天方夜谈式的"一夜暴富"的神奇故事,在神府一带不断演绎。那些世代居住在穷山沟中"面对黄土背朝天"的陕北汉子中,诞生了一批大大小小的煤老板,他们也许压根儿就没想,不知那辈祖宗烧高香,让他们发大了。

神府一带究竟出了多少富翁?有人告诉我,身价过亿者超过百人;数千万身价的,少说也有几千人。2006年时网上流传的"陕西十大富豪榜",榆林人就占了五位。而这些富翁,无一不是"煤黑子"出身,靠煤发迹。曾经发生的一个真实故事,也许更能说明问题。有个"煤老板",有一年到西安参加中西部贸易洽谈会,坐着一辆奔驰S600,后面再带一辆奔驰顶级T680房车,800余公里,一路风光地驶进西安。有人告诉他,西安五星级宾馆多的是,没必要带房车,而"煤老板"的回答一点都不含糊:"咱就是为了摆阔,就是要让西安人知道咱陕北人有多富!"

这只是表象,对绝大多数陕北人来说,他们依然还很贫穷。这个物欲横流、贫富反差强烈之地,差距正在不断被拉大。

……

思绪在翻滚。忽而,我想到了神木

神木红碱淖

新型煤都——神木

的民间艺人马政川。

这个一生遭受磨难、守着清贫、视音乐为生命的"苦行僧",不知现在可好?

两年前的那次见面,委实让我有点吃惊,仅仅才 60 岁,马政川却显得那样苍老。脸上布满了陕北"沟壑纵横"的地貌特征,毛乌素沙漠的冽风,高原毒辣辣的紫外线,使得他的双颊干枯得没一点光彩,身材羸弱瘦小,背已微微有点驼,那浑浊的眼球中,常常会掠过一丝惊恐和忧郁,似乎隐藏着许多难以诉说的故事。在"五十小弟弟,六十才当年,七十不算老"的营养过剩的年代,他的脸上咋就没有一点红润,苍老得如同七八十岁的老汉?

请原谅,我不该称他为老人,并且如此不恭敬地描述他,之所以这么说,是出于对上苍的不满。

我永远也想不明白,这位"无才可去补苍天"的民间艺人,是什么动力,促使他穷其一生,背着挎包,带着干粮,风餐露宿,一双永不疲惫的脚不避四季寒暑,行进在陕北高原上,在黄河边采访民间艺人,在喇嘛寺院里记谱记词,在红柳沙丘倾听塞上情歌,在乡野山村录记唢呐鼓乐?

那天中午,我们在一起吃饭,席间,神木县委宣传部的雷部长,在谈及神木的历史人物——宋代名将杨业时感慨作诗云:

> 臣节以尽,臣忠未尽,悲风常绕李陵碑;
> 英雄曾在,英魂安在,落日空照杨家城。

他说:"陕北这地方,最能洗炼出人性的本色。"

望着马政川,我幡然醒悟。

是磨难,洗炼出了他那不同寻常的人性本色。这位会演奏三十余种中西乐器的民间音乐家,几十年来,搜集、整理出数千首民歌和乐曲,他创作不辍,出版了《陕北二人台曲牌集》、《麟州酒曲山曲集》、《塞上情歌》、《真想你啊哥哥》、《神府山曲酒曲》等六本书,另有《黄土天籁》、《神木道情》两书正待出版。

他用一支笔,写下了民歌采风途中读书笔记 15 本,约 300 万字,抄录音乐书籍 57 本,约 1,026 万字。他收集整理的 18 首革命民歌,被选入

天朗地黄歌苍凉

西安音乐学院编撰的《红色土地上的陕北民歌》一书；他参与主编的《中国二人台艺术通典》，获得了内蒙古自治区"五个一"工程奖；他曾获得"1994 中国当代诗人奖"、2004 年陕西省"民族民间文化抢救保护先进个人"；接着，他又荣获中国国学研究会授予的"国学家"称号。中国艺术研究所的研究员、中央音乐学院的教授以及美国、日本等国的音乐学家，都曾先后带领着学生前去与他交流和请教民间音乐。

　　具有讽刺意义的是，这个默默一生为陕北民间艺术作出过突出贡献的民间艺人，退休时的职称仅仅只是"三级作曲"。

　　那次见面，限于行程与安排，我没能和马政川深聊，他的身世和个人遭遇，成了我心头的一件憾事。回到上海后不久，我收到了他的来信，信中说，那次我们在神木交流的有关民间音乐的问题，他写就了一篇文章，有几家杂志希望刊出，他坚持说，一定要征得我的同意后才行。然而，那件对他来说非常重要的事被我忽略了。时间一长，竟把这事忘得一干二净。

　　如今一想到这事，心里便感到一阵自责，有愧啊……

　　抱着愧疚的心情，到神木后的第二天上午，我在城北的一条老胡同中，找到了马政川家。

　　院子很小，房子已经很陈旧，门口推

绿色神木

飞播

枣林

满了煤块。室内清贫如洗,看样子,日子过得并不富裕。马政川见到我后,脸上浮现出了笑容:"我们又见面了,你可好?"

他一边问我,一边用一个老掉牙了大搪瓷茶缸沏茶,又招呼老伴端上酸枣。而后,搬来一个小凳子,我们围着茶几而坐。

两年不见,马政川那灰白相间的头发,正在被白发全覆盖。这个从厄运逆境中走来的老人啊,还是那样和善,心境若水。

他的境遇,不能不让人感慨。人就像风中的粒粒种子,落到平原沃土,它就能长成苗壮的大树,落到了荆棘丛中,它就会生得扭曲孱弱,落在了石岩缝下,它也许就连萌生的机会也不会有了。

马政川啊马政川,你纵然有一身的音乐细胞和才华,最终还是难逃命运的主宰。

自幼随父母从老家山西逃难到陕北的马政川,在 1964 年考取了中国音乐学院作曲系。那年,全国只招 7 人,他是西安考区唯一被录取的考生。

马政川从小就对音乐着迷。小学四年级时,他就学会了简谱,在高中时,他钻入了《和声学》中难以自拔,他借来了辟斯顿的《和声学》,整整抄录了近千页,他渴望成为一名作曲家,而今梦想即将实现了……

满心的喜欢,远大的理想,还有那鸿鹄之志,瞬间,像泡沫一般破灭了。人民公社以"政审不合格"为由,无情并坚决地扣下了他的入学通知书,彻底剥夺了这个"地主狗崽子"深造的权利。这无疑等同于在他心头上狠狠地扎了一刀后又撒上了一把盐。

人生中最难得、仅有一次的机遇,就这样与他擦肩而过。从此,他厄运缠身,阴霾笼罩,一生注定将与苦难同行。

果然,一波又一波的打击接踵而来。1965 年,马政川与年迈的父母被赶回了山西老家,那个穷啊,吞糠咽菜,饥不择食,饥饿使人全身浮肿,数月不退。那段心酸的日子,他深深长叹:"身为儿子,让父母忍饥挨饿,遭罪受难,罪过啊!"

1966 年,他再次被赶下最穷苦的山村"劳动改造"。在不堪回首的日子里,音乐成了他灵魂的避难所。白天干重体力活,到了晚上,麻油灯下,他埋首于音乐中忘却了苦难。如同约翰·克利斯朵夫,在极度痛苦中,想到了最广阔最仁慈的避难所——大自然。森林、大海之苍茫伟大,和个人的狭隘渺小对照之下,把他抚慰平复了。我们的主人公马政川,找到了心灵栖息的另一处所——音乐世界。音乐占领着他的整个灵魂,它如万马奔腾的急流一般,把所有的苦难冲洗净尽,而后胸襟荡涤,莹洁无伦,起伏的心潮渐归平息。

他不断地写歌,写乐曲,他参加了文艺宣传队,参与样板戏的排演。这期间,他与一位农村女子相爱结婚了。不料十个月后,不可思议的荒唐事又发生了。"公社革委会"认为他与贫农女儿结合"玷污了贫下中农",逼迫他离了婚。在茫茫人生路上,马政川无所适从。直到70年代初,神木县的一所镇办中学以每月5元钱,每天9分工的报酬聘请了他。在那里,他结识了现在的妻子。

生活常常是不平衡的,让人丧失一些宝贵的支撑;生活又往往是平衡的,在人们失去某些东西后,又从另外的地方给予补偿。此时,马政川感觉自己活着,清醒着,痛苦着。他在音乐中,寻访着与他思想相仿的朋友。

"世间一切都可以离我而去,惟独音乐属于我。没有音乐,我会感到窒息,它是我人生栖息的最好形式。"他的心灵在痛苦之外神游,他把梦引向那无愁无虑的音乐天堂中。

苦难,抹不去他的艺术才华。经过十多年的颠沛流离的生活,1974年,他被正式调入神木县剧团工作,真正开始音

神木草场

红枣丰收

乐创作生涯。很快，他创作的歌曲、乐曲屡屡在地区和省级汇演中得奖。可音乐才华的显现，并没有给他带来好运。

生活中总有那么一些人，怀着妒忌的心理来摧残美好的东西。这些人就是在走路的时候，也要专门踩踏路边一朵好看的花或者一棵鲜嫩的草。他们自己的心，已经被黑色的幔帐遮盖了，因而容不得一缕明亮的光线。

他那"该死"的才华引起了剧团某位领导的嫉妒，不断地在他的职称审批上要手段。后在县文化局的极力坚持下，地区职改办破格审批了他的中级职称。然而剧团再一次以经费不足为由，坚决不予聘用，导致多年来工资与职称不能挂钩。这使得马政川一家老小生活陷入了窘境，连最起码的生活都难以保障。一向学习成绩优秀的女儿，在勉强读完初中后，不得不辍学回家。这种打压在以后的几年中越加变本加利，最后，干脆将他排挤出县剧团，一纸调令，让他去了神木县文管会，当了个仓库管理员。

风雨袭来了，一个羸弱的生命在遭受了巨大的打压后依然挺身面对，还有什么比这更令人敬佩的？尽管他身陷泥沼，身处黑暗，但磨难激发出他一个意念，那就是：将散落在民间的信天游、山曲、酒曲、二人台、陕北唢呐曲等整理成集，为后人留下点民间文化遗产。尽管他的收入十分微薄，但在信念的支撑下，他开始了自费采访，跑出版社。几十年来，足迹遍布陕北大地和山西、内蒙等地，终于，他的第一本专集《陕北二人台曲牌》在1996年出版了。

也就在这一年，他十分喜爱的女儿遭人谋害，且案情不明。这个沉重打击，几乎将他击倒在地，让他痛不欲生。忍着老年丧女的悲痛，马政川又背起挎包，走上收集民歌的道路。在原榆林市委副书记李涛、神木县委书记郭宝成和县长雷正西的鼎力支持下，他接连出版了《麟州酒曲山曲集》、《塞上情歌》等一批新著。《黄土天籁》、《神木道情》两书也出版在即。他以自己的苦难为代价，换来了一份民间遗产。

陕北的朋友有一次问我："你知道最感动陕北的两句话吗？那就是：'没有比这更苦难的土地，没有比这更苦难的河流。'这是路遥说的！"

生活在黄土地上的马政川，不正是以他的苦难人生验证了这句话吗？

神木这块土地，现在有不少世代受苦的庄户人成了身价过亿的富翁。可马政川不然，宠辱不惊，依然守着清贫，可谓"富翁有钱，老马有脑"。他留下的东西，闪光而有价值。

……

这次见面如同上次，马政川没有过多地谈及他个人的遭遇，我们的话题，一直在他收集的山曲和酒曲中穿行……

二郎山

剪窗花

第二节

山曲儿有荤又有素，一两出出就把你魂迷住。

一个菜，两个菜，山曲儿是一道特别的菜。

……

当艺术穿着破旧衣衫时，最容易使人认出它是艺术……

在陕北高原，我惊叹信天游中的酸曲（神木也称山曲）。这种质朴的山村野调，野性而有张力，迷人而真切，是人性最原始、最直白的情感宣泄。就像陕北人家家户户窑洞门前挂着的红辣椒，红尖尖，火辣辣，一听便令人销魂，血涌心跳，不可驯服。

这些生长在隐蔽角落的、原始的、野生的、奇丽的、"不能在人前唱，只能在山里唱"的山村野调中，涌动着地瘠民贫的一方百姓的苦闷、欢乐、幻想和饥渴，酸得酣畅淋漓，酸得滚烫麻辣，是"庄稼汉吃饭靠血汗，又有那苦来又有那甜，白日里那个汗水直流那个干，到夜晚抱上婆姨当神仙"的受苦人的一帖精神"兴奋剂"。

骑上毛驴狗咬腿，

半夜里来了你这个勾命鬼，

搂上亲人亲上一个嘴，

肚子里的冰疙瘩化成水。

……

一碗谷子两碗米，

面对面睡觉还想你！

陕北的酸曲儿哟，比米脂那 20,378 个峁还多，比绥德奇特的峁梁川道还奇，比西安的油泼辣子还辣，如同那延绵千里的陕北高原一样深厚。唱不尽人间喜怒哀乐，唱不完人世酸甜苦辣。

高建群在小说《最后一个匈奴》中，对陕北的酸曲有精辟的论述。他说："美丽的副产品是多情。庄稼成熟的标志是花朵变成了果实，而女人成熟的标志是开始唱酸曲。苦难的岁月中的一声叹息，从黄花闺女变成了陕北婆姨。

"酸曲将永远停挂在嘴边，作为她苦难生活的一分稀释剂，作为她对少女生活最后的一点记忆，作为她对平凡命运的最后一丝仅仅在语言上的抗争。她的歌词变得猥亵和质朴，声声都是那些隐秘的情事，声声都是那些难以启齿的脏话。这些话通常是难以说出的。但是，当它们作为歌儿唱出来时，在听众眼里，她们一半是把这当做吐露心声，一半把这当做艺术表现，因此，便宽容地接受了它。她们说儿话不干儿事，她们像母狼一样站在硷畔上嚎叫，其实是一种饥饿的表现。

"这个时期的酸曲都是些什么呢？'白格生生的大腿水格灵灵的×，这么好的东西还活不下个你！''隔窗子听见脚步响，一舌头舔破两层窗！''墙头上跑马还嫌低，面对面睡上还想你！''你要来你一个人来，一副家具我倒不开！'那撩拨人心的歌声，不再单调和寂寥。

"那么，另外一些酸曲，则纯粹是些不堪入耳的东西了，例如《舅舅挎外甥》、《公公烧媳妇》、《坠金扇》等等，这些叙事诗般的酸曲，毫不遮掩毫不羞涩地叙述下一次一次房事的过程。并且由于当事

高建群小说《最后一个匈奴》

自娱自乐 张宝光 摄

人之间的特殊身份,从而产生了一种难以言传的暧昧成分和谐效果。所有的民歌收集者们,在整理这些东西时,都仅仅只录用第一段歌词,不待情节进入纵深,便戛然打住,接下来是一个括号,括号里通常是这样一句话:'其余十段或十三段歌词从略。'

"其实,很大程度上,她们是些行为举止端良的农家女子,她们是忠于职守的妻子和母亲,她们是黄土地上永远不知疲倦的耕耘者,酸曲,仅仅停留在她们的嘴边,而并非真实发生的故事。"

······

尼采说:"音乐像一种人们用来减轻人生苦难的药物,它们仅仅抚慰和治疗于一时,只有片刻的作用。惟有艺术能化苦难为欢乐。"

正是这个苦难,使得感情炽热、富有魔力、充满了性幻想的酸曲在民间大量出现。意识把人的爱情改造成一种美好的、充满着情感联想的、令人激动的幻想,使人在苦难中有隐隐约约的幸福感。

越是受到压抑的东西,越是会拐弯抹角地寻找出路。

记得有一次,在神木的酒桌上,席间,那些民间歌手唱起了酸曲"过嘴瘾":

"你慢慢上来慢慢下,小心压着孩子腿把把。"
······
"玉米开花一撮撮毛,上身苞米下身是×。"
······
叫声妹妹你别上火,
门外就有柴火剁,
不拜月亮不拜佛,
专拜妹的那两个小馎馎。

火辣辣的太阳当天上照,
哥哥在沙蒿房里正撒尿,
小妹妹看得迷了窍,
拉上哥哥钻进了山药窖。
白生生脸嫩嫩的腰,

天朗地黄歌苍凉

鲜红的花朵雨露儿浇，
山药蛋蛋咋个也会笑，
原来是情哥哥俏妹子在戏闹。

小妹妹在湖里洗身上，
懒哥哥躺在沙滩晒太阳，
我说身上咋个这么痒，
原来是妹妹你露出了那地方。

不用席子也不用炕，
沙滩滩上顶个席梦思床，
我压你来你骑上我，
席天幕地一对野鸳鸯。

太阳落山火烧云，
小妹妹闭户要关门，
门扉虚掩窗户松，
炕上要睡咱心上人。

剥了衣衫脱裙子，
哥哥你看我身材匀不匀，
哥铁心来妹痴心，
给了你身子给了你心。
……

天伦　黄复　摄

独唱自吟　黄复　摄

这酸曲唱的，令我目瞪口呆。那歌词，用语简单、透彻、诙谐、发噱、压韵。我无论如何也想象不出，那些段子高手们，不知是否喝了哪个品牌的"脑白金"，才变得如此有才。

陕西诗人周涛喝彩道："你看这里的

人憨厚极了，老实巴交极了，但是谁也没有他们浪漫得狠，风流得透彻；这些土著出来的情歌，能把最疯狂的摇滚歌星吓得从台上栽下来。其实，真正好的陕北酸曲确实酸中有美，美得能让当今最走红的通俗的、民族的、美声的歌手们吓得爬也爬不到老百姓喜欢的舞台上。"

请原谅，读者，我无意传播黄色的、亚健康的、甚至道德学家认为是糟粕的东西，只是从中看到了闪光的民间智慧，是它，造就了陕北民歌"野、真、辣、朴、酸"的歌魂。

从某种意义上来说，酸曲是有待开发的一座原生"音乐富矿"，就像神木境内有4500平方公里地底下探明的储量为500亿吨的煤，煤层地质构造简单，埋藏浅，易开发。它是陕北民歌生生不息的原动力之一，它以看不见、摸不着的形式，推动着民歌一直往前走，构成了一个永不断层的伟大的民间乐府。

陕北农民哟，把山山水水唱遍了，于是，口头文学寻找了另一种出路，那就是生活中不起眼的、司空见惯的一切，用信天游的曲调，将平时所思、所想、所盼，化作老百姓语言，以民歌的形式，唱响在陕北高原。尽管歌词中不乏有糟粕，但作为一种"原始矿石"，陕北民歌却因这种形式得到了最好的延续和传承。

"山曲更接近老百姓，它像文学中的俚语一样，没有在音乐世界形成'大众化、普通化、规范化'，是山里人的歌。它的词语非常通俗而且带有许多方言土语，因此地方性、民俗性强，正因为这些特点，我说它是一块铁矿石，音乐铁水在作曲家们的冶炼下，从这里汩汩流出。"马政川说。

我们绕有兴趣地谈着这一话题。

"十数次到陕北，我发现民歌中有两个现象很有趣，一个是酒对民歌的贡献（下一章节将细谈），而另一个神奇之处，就是酸曲对民歌有着不可抹杀的功劳。你以为呢？除外，酸曲的歌词，你有没有收集记录？我翻阅了很多有关陕北民歌的出版物后发现，除了少之又少外，还不够酸！"我问马政川。

"对，你说得对。酸曲是陕北民歌的一部分，所占的分量也不小，在民间流传甚广。虽然现在无从考证陕北民歌究竟起源于什么时候，但可以肯定的是，它很早就存在。

"解放后以及'文化大革命'时期，它受到影响。如民间流传下来的最酸的《公公烧媳妇》、《叫大娘》、《交朋友》、《十八摸》等酸曲,被贴上了黄色下流的标签,被禁唱。表面上是禁了,实际上呢,在山间田野中,老百姓照样偷偷地在唱:

> 大炖羊肉短不了葱,山曲不酸不好听,拦羊妹妹庄稼汉,一唱山曲儿就带酸。

"老百姓就是喜欢这种令人心醉神往的酸曲。他们把唱酸曲当作一种宣泄个人情感的方式,悲痛愁闷时、高兴愉快时都要唱,而且一唱起来就没个完。它伴随着生活而来,有着丰富的生活情趣和独特的音乐美学价值。

"我以为,历史上民间传承下来的东西,不该忽视,应该重视。它对民间音乐的研究有价值。我记得,榆林市大约在1997年出版过一本书,收入了一些酸曲。我呢,也因为种种原因,没敢收集和记载更多,只有小小一部分。"说话间,马政川拿出了厚厚一摞书稿,这是即将要出版的新书《黄土天籁》。

"很遗憾,我只是整理收入小小一部分。"马政川说。

经历了无数磨难后的马政川,被磨没了锐气,而今变得谨小慎微,白纸黑字,他怕遭来麻烦。

我有些遗憾。在大量接触陕北民歌后,我越来越感觉到隐藏在酸曲背

骑毛驴的新娘　黄复摄

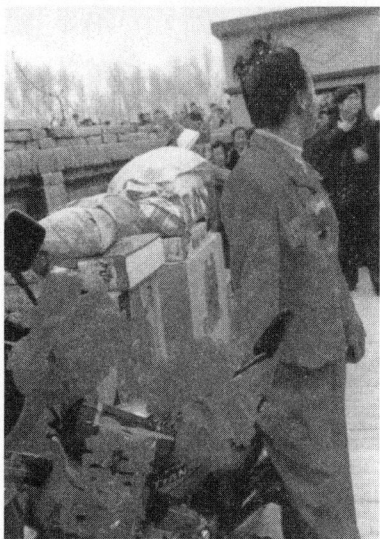

嫁妆　黄复摄

后的民间性、重要性和传播性，它无时不刻在产生作用。在陕北地区，它是一种客观存在的民间口头文化现象。你要研究它，必须就得重视它。尽管音乐学家们敬而远之，道德家们不屑一顾甚至嗤之以鼻，但谁也无法回避、装作视而不见，更无法扼杀它对陕北民歌世代传承的贡献。

大致上，陕北民歌分为三种，一是经过改编或新创作的革命歌曲，这是音乐舞台上的主旋律；二是传统意义上的民歌，这类民歌，除了一小部分在舞台上传播外，绝大部分散落在民间，更多的是作为历史存在而保留下来；最后一种，就是难以用文字记录、不登大雅之堂、但在民间广为流传、人们生活中须臾不离、有着极强的娱乐性的"酸曲"。

这种口传民歌可分为"荤"和"素"。"荤"的酸曲，不少歌词干柴烈火，直露直白，一般很难用文字记录下来，只是在茶余饭后，婚丧嫁娶，亲朋聚会的酒桌上助兴，插科打诨，逗人一笑后烟消云散。而且，越到山野乡村就越丰富。

而"素"的酸曲，大多是反映民间疾苦、个人生活、爱情等的不幸遭遇以及穷人的性幻想等等，如《光棍汉》、《卖老婆》。

奇妙的是，三种形式各有其特点。其中，酸曲最具煽情性、娱乐性、传播性。绝大多数酸曲，其实它不黄，而黄色的东西最鲜明的标记是肉体的、赤裸裸的。而陕北酸曲它只是酸，同样表述男女之事，它就换了一种奇特而令人发噱的方式让人接受它。如《死死活活相跟上》：

> 荞面那疙瘩羊腥汤，
> 肉肉贴住绵胸膛，
> 手扳胳膊脚蹬炕，
> 越亲越好不想放，
> 死死活活相跟上。

那男女之行为，语言土得清新，土得热烈，被描述得有棱有角、直白直露、野性野气。

正如有人所说："一半是把这当做吐露心声，一半是把这当做艺术表现，人们便宽容地接受了它。"

如《咱二人一对对》：

妹妹我穿的花衫衫，
双手把那怀解开，
哥哥你嘬奶奶。
花花的枕头细被被的盖，
哥哥搂上妹妹睡，
咱二人一对对。
……

再如《掐蒜台》：

你在当炕我在边，
枕头头不如胳膊弯弯绵。
上身身不动下身身摆，
浑身身麻木眼眼睁不开。
……

这就是陕北语言最特别的地方。在民间，生活中任何一样不起眼的东西，那些段子高手们都可以拿来所用，随口编出女人隐秘部位的令人发噱的段子供人们逗乐。如前所说酸曲《苞米棒》，语言和比兴手法，太巧妙了，它将抽穗玉米的每个部位，同女性身体的部位对应，全唱了出来。

我很遗憾，那首酸曲，当时我只记了几句，没能全记下来。那个酸劲哟，过瘾！然又因为陕北的土话实在难懂，稍稍听不仔细，你就错过了很有价值的东西！

拜天地　黄复　摄

开席　黄复　摄

民间的酸曲,从思想内容和品位上来说,有亚黄色的;有涉及性、情的内容的,但基本是健康的;有的虽涉及到性、情的内容,但艺术表现手法却非常独到;更有一些,堪称很艺术化的上乘之作。这样一种美,它并非一下子把人吸引住,不作暴烈的醉人的进攻,相反,它是那种渐渐渗透的美,人几乎不知不觉把它带走,可是在它悄悄留在心中后,它就完全占有了我们。那些酸曲,如同柏拉图式的爱情,男女在纯粹的精神享受的云端遨游,他们的嘴唇从来不会碰在一起,双手总是拥抱着一无所有的空间,思想是云雾朦胧的一片,其目的,是没有肉体接触的意念的融合,用"过嘴瘾"的方式,来慰籍真实生活中的生理需要与饥渴。

现代人类的大量研究资料表明,长期节制性生活会使人智力停滞,精神受到创伤,如果再有其他因素,就会引起精神官能症及其他神经心理病症。

也许有这因素,那些娶不起老婆的受苦人、光棍汉,产生了性幻想,只能以"过嘴瘾"来麻木自己的神经。在马政川收集整理的《打光棍》一歌中,最能说明问题:

> 人家有老婆,
> 天天黑夜早睡觉,
> 咱这没老婆的人(儿)满(呀)满村村绕。
> 前村跑后村,
> 东窑绕到南窑,
> 品上一杆旱烟袋,
> 绕来绕去解孤哨。
> 睡下做恶梦,
> 梦见我去串门,
> 量人家黄米没量上,
> 倒叫打了一顿。
> 不会量黄米,
> 又没个相好的,
> 半夜里爬起来,

急得挠炕皮。

……

其实，用不着讳莫如深，中国古代"天下第一淫书"《金瓶梅》，以及《肉蒲团》、《杏花天》等禁书，都保留了下来。作为研究一个时代的历史文化现象，或者说民间的客观存在，它有它自身的价值。酸曲也是如此。它是中国最原始、最原生态的东西，它以民歌的形式，流传在老百姓口中。以娱乐性的方式传播，而且往往在民间有着广泛社会基础和市场。

也就是说，它是民歌的原动力不可或缺的一部分，使得陕北民歌生生不息，一代代生存到现在，传承了下来。它客观存在，无法回避。

我对马政川说，你的笔，应该多留下点民间的"宝贝"，这也是民间文化遗产啊！他笑了。

"你到府谷去，可找一下柴根老人，他肚子里东西可多哩。酸曲《夸老婆》，就是我在老柴根那儿收集到的，只是他很保守，只给我唱了一两段。他明确暗示我说，人家采访我都给钱。可我呢，囊中羞涩，没钱给他，于是，他就卖起关子，不给我唱，所以没能收集全。后来我参考了山西的段子，才整理出来。

"《公公烧媳妇》这首歌，我收入时，歌词已经改过了，民间流传的还要酸，有些不入耳。还有如《舅舅挎外甥》、《烧干

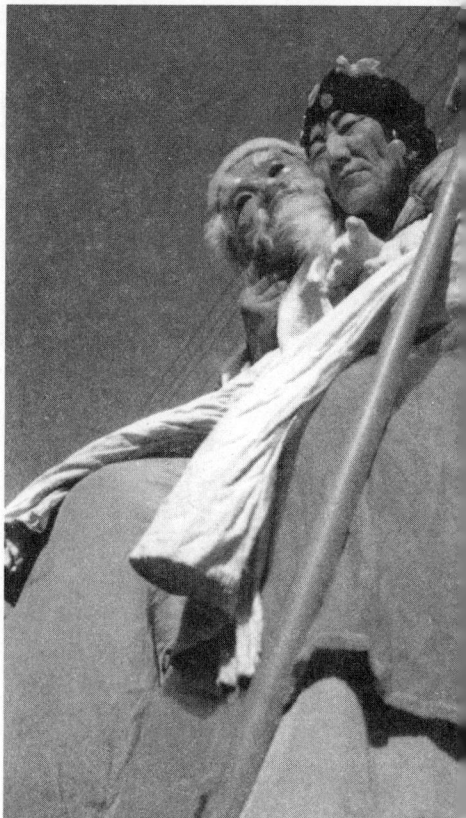

高跷"张公背张婆"

米脂婆姨　黄复　摄

女》、《小寡妇上坟》、《十八摸》等也是如此。

"陕北的酸曲,爆烈烈的令人咋舌,那些口传的酸曲哟,能把男女的床笫之事整个过程都唱下来。收集那样的东西,我是有顾虑的。新书《黄土天籁》中,酸曲也只有一小部分。"

指着厚厚的书稿,马政川说。

第三节

聊完了酸曲,我们的话题,又转到他收集的神木《酒曲》上。

翻开他编著的《想起你呀哥哥》一书,我的思绪很快被书中一首《劝酒》的酒曲歌词给迷住:

众位朋友莫要吵,
听我把酒的功过来介绍,
人生与酒相伴随,
请君注意酒度和酒道。

(念白)要说酒,再说酒,酒有地区各千秋。三杯能和万事休,一醉善解千千愁。南方甜酒入口柔,北方曲酒辣舌头。酒用杂粮来酿就,喝上一口有好处。民俗事务上离不开酒,常伴英雄天下走。古今多少大事情,往往有酒在其中。

传说八仙醉紫云,蟠桃宴罢东海各逞能。齐天大圣孙悟空,酒后胆敢闹天宫。曹操煮酒论英雄,指点江山成三分。关云长温酒斩华雄,英雄本色谁不敬。武松酒后胆气盛,景阳岗打虎称英雄。世上这些酒英雄,千古传诵留美名。

也有酒后误事人,提起来也有一大群。大宋开国赵匡胤,酒醉之

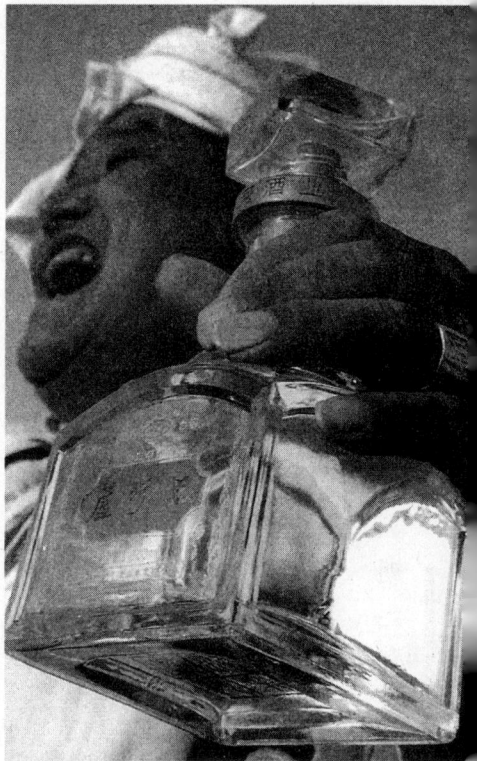

唱不完的信天游,喝不完的芦河酒
田高阳 摄

后杀功臣。杨广酒后耍酒疯,羞得亲妹妹投了井。平帝丧身因酒毒,李白酒后江边把命损。纣王贪酒又贪色,一份江山毁手中。张飞人称猛将军,因为喝酒送了命。

　　众位朋友不要吵,听我给大家再把喝酒的事情表一表。尘世上那烧酒乃五谷造,舒筋活血品位高。自古道:见色不迷是英豪,喝酒不醉最为高。不管它:高度酒、低度酒,能喝多少喝多少,少喝几盅最为好。喝了多了主不好。你看那些喝醉酒的人:有的哭,有的笑,有的站在楼上就要往下跳。有的打,有的闹,有的搞不清东西南北抱住被子睡大觉。有的跑,有的跳,有的拉住人家媳妇说是要"打炮"!有的身上热得睡不成觉,起来磨磨缠缠、拉拉扯扯硬要和小姨子去洗澡。有的人醉了躺在沙蒿困大觉,屎拉在裤子里还不知道。
　　……

五千年的中国,留下了一部文明史,五千年的中国,也留下了一部酒文化史。

　　酒,传说是杜康发明的神灵的物产,智慧的源泉。它成了一种独特的载体,古往今来,不仅融诗词歌赋、绘画书法、歌舞戏剧、音乐建筑于一体,而且又寓男人、女人、人生、事业、梦幻,以及民俗、礼仪、金钱、仕途万千感慨于其中。

　　这种以生长霉菌为主要微生物的酒曲为糖化发酵剂复式发酵,或半固态发酵而酿成的东方粮食酒,让达官贵人、文人墨客几千年来痴情不改,也让贩夫走卒、市井百姓几千年来执迷不悟。有道是:钱就是纸,酒就是水。帝王将相,不废肉林酒池,指点江山,话千秋伟业;豪门权贵,难舍金尊玉盏,挥金如土,闲话美女与野兽;市井百姓,喜怒寄寓杯中物,浊酒几杯,借酒浇愁去伤悲。

　　岂料想,这口水酿成的《劝酒》歌,竟让我陶醉其中,那神木酒曲,道出了人间千言万语。

　　马政川见我有点着迷,开口说:"榆林十二县,数神木人喝酒最能耐。酒桌上,酒规多,花样多,酒曲也多。那酒曲编得有些神,'请客曲、起酒曲、劝酒曲、敬酒曲、辞酒曲、戏谑曲、谜语酒曲'等等。还有,流传在民间类似陕北说书之类的酒曲,真是'夏商周秦汉隋唐宋元明清,中华民国各

天朗地黄歌苍凉

个朝代分得清'。唱的内容五花八门，特有韵味。

你看，《尧舜让位》、《美女难中救文王》、《伍子胥逢凶过昭关》、《屈原江心洗清白》、《司马光写通鉴》、《王安石变法受阻》、《岳飞被害》、《文天祥起兵》、《康熙帝平三藩》、《大贪官和珅》等等，整个就像是一部《资治通鉴》，这民间的大智慧，全在酒桌上显本色。"

马政川说到了点上。

十数次去榆林采风，上高坡、进窑洞、走三边，穿行于陕北榆林的米脂、绥德、佳县、神木、府谷等地，酒是不能不喝的，而且不能少喝。在"三杯通大道，一斗合自然"的醉意中，我感受到"脚底下踩着历史、耳闻信天游苍凉、空气中弥漫酒香"的绝妙意境。

也许受古时边塞遗风影响，榆林酒风盛行。而今陕北大地上又有了新玩法，无歌不成筵。当然，对酒当歌就成了最美好的享受。

酒与榆林有着历史渊源。由于与蒙、晋、甘三省区接壤，古时，历代王朝在此修长城、筑烽火台，雄关边塞，重兵屯守。秦代的大将蒙括、宋朝的杨继业"杨家将"，都驻守过榆林，明末清初，米脂还出了个揭竿而起的李自成。千百年来，受边塞军营和蒙族的影响，市井平民都亲近杯中物。觥筹交错中，信天游、二人台、爬山调、道情、碗碗腔、酒曲、酸曲等悉数登场。原来在榆林，这酒与歌，是一

唱酒曲 黄复 摄

粉条人家 张少生 摄

对须臾难分的"孪生姐妹"。

酒桌上的榆林,地方色彩的"酒规程"很浓。先是请酒,主人及邀请来的陪客都要向客人敬酒,一般是每次三杯;再是劝酒;然而,最长见识还是唱酒曲。虽没有"李白一斗诗百篇、长安市上酒家眠"、"张旭三杯草圣传,脱帽露顶王公前"那神韵,却也不失民间的情韵。

酒曲的曲调一般是信天游,或爬山调,或专用的酒曲小调,词即兴现编。主人从陪客中挑选一个会唱民歌的人来向客人敬酒献歌,歌者神情恳切,双手举杯,立而为歌,一曲不行再来几曲,一直唱到客人无法回绝干了三杯为止。当然,你若有对歌的本领,也可以将酒唱回去。有一次,我亲身经历了一回精彩的对唱。

歌者唱:什么上来一点红?什么上来像弯弓?什么上来成双对?什么上来黑洞洞?

那客人想了想接着回:姑娘的嘴唇一点红,细细的眉毛像弯弓,姑娘小伙成双对,红缎被子盖住黑洞洞。

歌者见难不倒他,又唱:四方城里有什么堂?几道柱子几道梁?什么人儿上面坐?什么人儿下面念文章?

客人马上回答:四方城里有庙堂,九道柱子十八道梁,皇帝老儿上面坐,孔夫子下面念文章。

此时,这两位善歌者,喝酒成了其次,反倒借着酒劲放肆起来,相互开始戏谑:

> 黄土埋到脖子上,
> 还是十几岁时的老样样。
> 喝上烧酒胡瞎想,
> 小心孙媳妇打耳光。

> 酒坏君子水坏路,
> 神仙出不了酒的够。
> 酒不醉人人自醉,
> 不要借酒胡日鬼。

如此五六个回合后,两人依然难分伯仲,而精彩的对唱却赢得了满桌喝彩声,自然,客人用智慧将酒挡了回去。热情好客、豪爽旷达的榆林人就这样用歌将酒筵气氛推上了高潮。

就在酒酣耳热之际,心头的谜团也就渐渐随之解开。

在中国原生民歌日渐衰亡的今天,陕北民歌还"活着"的另一个重要原因之一,原来与酒文化有关;榆林盛产歌手,也与酒有关。无歌不成宴,使得陕北民歌在不经意中得到了传承、延续与发展。

榆林的大街上随处可见一个自然景观,那就是推着简易电子音响设备的歌手,他们三人组合成一个流动乐队,忙于在宾馆酒楼饭店间赶场子。原来,榆林十二县中的九家酒厂,家家都招募了一批农民歌手,每人每月工资从数百到过千五,出色的歌手月薪更是高两千,在酒肆饭馆中,以免费唱歌的形式推销自己的酒。如果业绩出色,另有奖励。这些民歌手,除了有一副好嗓子外,另一手绝活是能根据现场的环境、气氛,形象生动地现编现唱。如果发现酒桌上还没喝出气氛来,歌手就会唱:

老汉娶了个少年妻,感觉就像坐飞机……

看见桌上年轻人做东,他就会变得轻松俏皮:

"抹帽" 张少生 摄

闲趣 邵奇青 摄

骑着摩托扎着枪,走了一乡又一乡,村村都有丈母娘……

当年轻的女歌手看到桌上的帅小伙后,她会对着你唱道:

蛤蟆口灶火烧干柴,多会想来多会来,
怀揣照片两寸半,多会想看你就多会看……

在喜庆筵席上,你还可以听到很多有趣的即兴编出来的信天游:

过了一回黄河没喝一口水,交了一回朋友没亲一口嘴,
买了一回席梦思没一块儿睡,这么好的姑娘没敢碰她一回。

令人逗乐的还有:

汽车下坡冒了点灰,踩住刹车亲了个嘴。
回家给老婆捣个鬼,说给汽车加了点水……

尽管有些歌词格调不很高,然风趣幽默、假作真来的演唱总能让人捧腹大笑。在这氛围中,酒的销路往往格外好。

"不知你听说没有,榆林市的'老榆林'酒厂养了数千个歌手,三人为一组,分散在各个地区。这一现象,不可小觑。"马政川说。

其实,很多次到榆林,我耳闻了不少酒广告,"骑街古六楼,问酒老榆林"、"唱不完的信天游,喝不够的芦河酒"等酒广告,在榆林各地已妇孺皆知。

有一次,在宾馆里闲着无聊看电视,黄金档的广告时段播出的十七个广告中,九个是酒广告。"酒香"弥漫荧屏。

无疑,一片吆喝声中,才大气粗的"老榆林"占了先机。"长城脚下桃花水,黄土高坡红高粱。""羊肚子手巾三道道蓝,老榆林喝了口不干,女人喝了赛貂蝉,男人喝了添虎胆……"九边重镇老榆林城,四时四季四合院,古色古香古城墙,甘甜的桃花水,纯朴的民风,都映衬于一瓶老酒中。

我不能不惊叹"老榆林"大当家的灵感和智慧,将陕北民歌巧妙地与

酒文化融合,挖掘出潜藏的隐性商机,并依附着民歌艺术的翅膀,将"老榆林"的销售版图四处扩张。

很快,"美酒结合民歌"的这种非传统营销路线,使"老榆林"名声大震,获得了社会和经济效益的双赢。

"老榆林"的老板李瑜说:"其实,这种模式是从内蒙学来的。远方来客时,唱歌、敬酒、献哈达是风俗。榆林近内蒙,蒙族的风俗习惯自然就流传过来。陕北有句老话:早知三天事,富贵万万年。

"我意识到,陕北民歌中,有一种无法割舍的厚重,民歌与酒,本质上有着内在的文化联系。为此,我们组建了许多演唱小分队,为饮酒者免费助兴。酒因歌起,歌由酒兴,饮酒者以歌手助兴而悦,许多消费者为此沉醉。以歌兴酒的促销,使'老榆林'迅速畅销,业绩有了很大的提升。当然,在促销的同时,我们也发扬和保护了这一珍贵的非物质文化遗产。"

"老榆林"哟,你令人脱帽向你致敬。

在陕北老百姓欣赏情趣多元化、流行歌曲越来越受到年轻人追捧、传统陕北民歌面临断层和失落的今天,你义无返顾地承载起传承、发展与复兴的使命。

受雇于"老榆林"的那些歌手与我聊天时说:"看着唱歌能挣大钱,很多年轻的农民将这当成了谋生手段,村村户户,只要会唱几首歌的人,人人都争先恐后。

敬

酒柜台边上的民歌手

过去门前冷落的艺校,现在期期爆满。你想,有一回'老榆林'招歌手,有数千人报名参加,那情景太盛哩!"

"老榆林"的一百五十多组、四五百人的陕北民歌演唱队伍,常年活跃在榆林、延安、西安、汉中、安康、商洛,内蒙鄂尔多斯、乌海,甘肃庆阳以及北京、广州、深圳、徐州等地,就因为信天游,不少人喜欢上了榆林的老酒。

正因为酒的推波助澜,榆林年年涌现出大批年轻的歌手。仿佛像是地里长出的韭菜,割了一茬又长一茬。不少歌手在当地唱出点小名气后,纷纷走向北京、西安、深圳等大城市的歌舞厅,还有不少走进了艺术院校。

现今当红的"西部歌王"王向荣、"信天游歌王"孙志宽、"信天游歌后"雒翠莲,都有过为酒厂推销酒的经历。新评出的"十大歌手"中,王世清、李光明、王建宁、雒洁等,都曾是"老榆林"所聘的促销歌手。不仅如此,在中央电视台举办的历届西部民歌大赛上,来自榆林的歌手频频摘取了各项大奖。

都说歌手饮食中最怕烟酒酸辣,可榆林的歌手喜好酒,说好水酿出的"老榆林"喝多少杯也不上头。然而,也就是这好水酿出的神灵的物产,为陕北民歌的传承、延续和繁衍,做出了不可磨灭的功绩。

有一年,在"榆林陕北民歌大赛"上,来自上海、西安的音乐家们一天听了74位歌手的演唱后,又有了新发现:在榆林,唱民歌像千百年传承至今的酒风一样,盛行于黄土地。从十来岁的顽童到教师、护士、服务员、放羊娃、农民、打工者乃至七十多岁的老汉,一扯开嗓子,个个成了地道的歌手,榆林的民歌也得以生生相息、世代相传。

这使得与我同行的研究民歌的中国权威之一、上海音乐学院博导黄白教授兴奋不已:"原来,陕北民歌还活着!"

陕北的酒曲哟,正如马政川所说:"饮酒唱曲是最具民族性格、民族特色的中国酒文化特征之一,而酒曲的词,就是一部小型的百科全书!"

第四章 中国最后一代脚夫：
民间艺人柴根

老汉一生不抽烟，不喝酒。一笑起来，眼睛眯成一条细线。这是当代中国至今还活着的为数不多的一代老脚夫……如果细算一下，他走过的路可以绕地球无数圈。他的歌声，一路撒在了"走口外"的荒漠古道上。

第一节

　　黄河大桥如同一根扁担,挑起了陕西府谷、山西保德两座县城。通向陕甘宁东北门户府谷的国道,成了中国最繁忙的公路之一。

　　每天,成千上万辆运煤的重型大卡,排成几十公里的长龙,等待着过黄河大桥,从山西驶向大同、包头、东胜、河北等港口、铁路。日流量达1.8万辆车次的神府公路,成了陕北经济腾飞的一个缩影,公路旁的神华铁路专线,每隔20分钟就有一趟满载着煤的长长列车呼啸而过……

　　这壮观的车龙,我想起了半个多世纪前这块土地上一个独特而古老的特殊职业、而今已经消失了的脚夫阶层。那电影蒙太奇的镜头,使眼前的卡车长龙阵在朦胧中变成了一队队赶牲灵的队伍由远渐渐走近:

　　黄土路上响起了叮当的铜铃声,打破了高原的寂静,山野有了一丝生气。负重的骡子摆尾扬鬃,哒哒的骡蹄声伴随着铃声,在山谷中回响。赶牲灵的后生中忽然有人吼唱起来:

　　　　走头头的(那个)骡子(哟)三盏盏(的那个)灯,
　　　　(哎哟)戴上(的那个)铃子(哟)哇哇(的那个)声。
　　　　白脖子的(那个)哈吧(哟)朝南(的那个)咬,
　　　　(哎哟)赶牲灵(的那个)人儿(哟噢)过(呀)来(那个)了。
　　　　……

　　这像是吴堡的民间艺人张天恩在唱他的《赶牲灵》……

　　歌声勾起了凄美的回忆。半个多世纪前,一个在陕北大路上开骡马店的年轻女子,与一个常常过往此处、在这里投宿歇脚的年轻脚夫,由初生好感到由衷暗恋、再到成为"相好"。"你赶你的牲灵我开我的店,咱们来来回回好见面。"美丽的吸引,青春的燃烧,大胆的表露,直抒出了美女店主对赶牲灵后生的一腔眷恋。这个故事被民间艺人张天恩创作成信天游后,一时在陕北大地广为流传。

声乐教育家白秉权告诉我:1951年,她到陕北向张天恩学习此歌。为了掌握地道的风格和润腔,她一字一句跟张天恩学,反复地唱,直到他完全满意。第二年,白秉权在朝鲜前线首唱时,第一句唱完,观众就爆发出热烈的掌声,从此成了她的保留曲目。1955年,《赶牲灵》在《西北民歌》上发表,并由她灌制了唱片,传唱至全国,成为了陕北民歌中的一首经典代表作……

可《赶牲灵》的作者、陕北民间艺人张天恩并没有因此走运,相反,这个一辈子与牲灵打交道的老脚夫,晚年却因牲灵落了个悲剧人生。

出生在吴堡的张天恩,从小因家境贫困便随父亲一起赶牲灵。能歌善舞、浑身活跃着艺术细胞的张天恩,从小爱闹红火、爱闹秧歌,特别是唱民歌唱到如醉如痴的地步。当地人回忆说:"只要哪里有红火热闹,哪里就有他的影子;只要哪里有人唱陕北民歌,哪里就有他的歌声。他可以不吃饭不喝水,但是不赶热闹不唱歌是不行的。"

他的双脚走遍了秦、晋、蒙的荒漠古道,不久他就在陕西、山西、宁夏、内蒙古一带小有名气。赶牲灵所到之处,一听到他的歌声,人们就知道是张天恩来了。每到一处便有很多人围观,不唱几首陕北民歌不演几个节目就走不了。

1955年,中央歌舞团将张天恩直接调到团里工作了三年,最终因放不下家

黄河大桥

张天恩给白秉权等人教授《赶牲灵》(1952)

中的妻儿，又回到陕北农村的家中。在京期间，张天恩曾为毛泽东、周恩来、刘少奇等中央首长表演，引起现场观众阵阵掌声，并受到中央首长的亲切接见。为此文化部授予他"民间文艺天才"称号，时任中国音乐家协会主席、作曲家吕骥亲笔提写"民间艺术家——张天恩"。

可这个一辈子赶牲灵的陕北汉子，1965年9月却因倒贩牲灵以"投机倒把罪"被关押入狱，两年后才被释放。由于受到莫须有的罪名和囹圄之灾，他出狱后心情郁闷，终日沉默不语，1970年底，含冤客死山西柳林，时年六十岁。可他的传世之作《赶牲灵》，却永远地留在了人间……

高原的太阳拖着明晃晃的热焰终于沉入了山的垴背，地平线上又出现了另一支队伍，一个汉子穿着一件对襟粗布衫子，腰里围着一条腰带，头上白羊肚子手巾反扎个英雄结，牵着打头的毛驴，走过了苍茫的高原群山，看尽了荒山秃岭，那铁打的脚板和驴队的碎步，清晰地响彻山间。脚夫柴根扯开嗓子，大声吼起了《摇三摆》：

> 大红公鸡墙头上卧，
> 虽然脚大时兴的货。
> 大红公鸡毛腿腿，
> 天阴下雨瞧你哩。
> 二一回瞧你你不在，
> 你在地里挽苦菜。
> ……

这是多么有趣的现象？从荒原中的一队队牲灵变成如今公路上的汽车长龙，仅半个世纪，陕北大地的变迁仿佛翻了个。

20世纪60年代陕北大地人民公社化后，高原社会中一个特殊的脚夫阶层便永远地消失了。在陕北特殊的地理环境下，千百年来，运货驮人以及货物流通，终年由赶着驴骡的脚夫承担的。他们风餐露宿，风雨无阻，即便在兵荒马乱的年月，依然出神府进蒙地，下延安入关中，走三边去宁夏，过黄河到山西，把陕北的红枣、绿豆、羊皮等土特产运到外地，再把外面的洋布、食盐、烟叶等换回陕北。

这个社会底层的劳动群体虽然已经荡然无存，却留下了陕北民俗中最亮的一面镜子。"走口外"的脚夫们离家少则十天八天，多则一月两月，山高路遥，地僻人稀，女人的心跟着男人，男人的心绕着女人，于是，又留下了一个个感人故事，一首首久唱不衰的如《赶骡子的哥哥》《拉骆驼》《脚夫调》等悲凉凄美的民歌。那火热的心扉，勾起男男女女多少悲苦离情和望眼欲穿的向往，一腔情思全在信天游中倾诉……

大漠通途

　　　赶骡子哥哥七尺高，他上身穿的是蓝市布布袄，

　　　脚底的麻鞋多结实，头上又把那羊肚子手巾罩。

　　　赶骡子哥哥七尺高，壮实实的身板常常抿嘴嘴笑，

　　　只要鞭稍稍空中绕一绕，走头的骡子就乖乖站下来。

　　　赶骡子哥哥他贩盐包，榆林、绥德他哪儿也跑。

　　　外头的婆姨女子都不爱，单和奴家我来相好。

　　　过罢大年春来早，哥哥他赶骡子又把运输搞，

　　　一年四季风雨里闯，前几日又贩盐去了平遥。

　　　太阳西斜一塄畔畔高，奴家我烦闷大路口瞭，

　　　赶骡子哥哥他走了已十天，不见他回来我心焦躁。

　　　两个喜鹊鹊树圪杈杈上叫，不

赶集　张少生 摄

黄土人家　邵奇青 摄

由得奴家我望大路畔上跑,

耳听得哥哥他把山曲曲唱,赶骡子哥哥他终于回来了。

……

三月里的个太阳红又红,为什么我赶脚人儿(哟)这样苦命。

我想起我家好心伤,可恨王家奴才把我逼走。

离家到如今三年整,不知我那妻儿是否在家中。

我在门外你在家,不知我的娃娃干些什么?

……

歌声已成为陕北大地上的永恒。今天的府谷,公路上车水马龙,县城里名车云集、物欲横流,农民中出现了一批富甲一方的"煤老板"。脚夫这个名词,已淡出人们的视线,成了历史的永恒记忆。过去,陕北人千百年来赖以生存的负重的优良牲灵,而今在公路上、山道上已鲜见,取而代之的是大大小小的拖拉机、卡车和小卧车。让我惊叹不已的是,在许多看似还很贫穷的小山村或者是深山里的村子中,你都可以看到那些停在村口门前的即便在内地也很难见到的世界最豪华的品牌车,而想看一出驴拉碾子推磨,恐怕都得到电影中去寻找。

有一回,我到深山中的一个村子去,我乘座的别克商务车在崎岖的山道上走了不到十五里地便无法再往前了,因为前面的山路越来越难走。陪同我一起去的"煤老板"郝治昌见状就让我上了他的车。那是一辆奥迪Q6重型越野车,犹如美军在伊拉克战场上所使用的军车"路虎"。我问他车的价格,郝老板淡然一笑:"不贵,才160万!"哇,我傻了!

我想起了陕北高原上土生土长与人们相依为命的那些对人忠实不二的佳米驴、延安牛、神府骡子、三边马等牲灵,尽管它们毛色光润,体格高大,筋健蹄坚,性情温顺,吃苦耐劳,宜耕宜拉,可怜它们还是被正在崛起的工业文明所淘汰,有的已被人们无情地弃用。

我很敬佩一位有历史眼光的陕北作者撰文对牲灵的赞誉。他说:几乎在陕北整个发展史上,牲灵不仅承载了陕北人生产和生活的沉负,而且还紧紧维系着他们的情感和命运的精魂,梁口沟下,春种秋收,需要牛耕驴拉;娶妻嫁夫,红事白事,需要马迎骡送;物品买卖,亲戚来往,需要驴马车垛;甚至诸如《赶牲灵》这样的爱情故事,也是因牲灵的介入而产

天朗地黄歌苍凉

生的……，陕北的牲灵已成为了这片广袤黄土地上生命代代相续、繁衍不绝的天物！

　　由此，这块土地上，人们尊牲敬畜、热爱牲灵是祖祖辈辈流传至今的规矩。每年惊蛰，春风又回，万物复苏，借着暖烘烘的春日，绥德、米脂一带的农民总要把牛马骡驴这些大牲灵拉出圈外，沐阳嗅土，感受春气，人畜共吃"出牛馍馍"，表达惜畜之意、敬畜之情，然后在畜头鞭梢披红挂彩，吆至田头地畔首犁开耕。且还要点香五株，烧表一沓，跪拜土地山神，上祷雷公云母，然后驾畜犁个圆形"田"字，以示春耕开始。在神府一带牛生犊子、马下驹子都算大喜的事情，主人要邀请邻里，喝酒猜拳，吃一顿油糕粉汤，以此恭贺。

　　陕北秧歌里的《跑驴儿》和《老王八送闺女》，又极其形象地描绘了赶着牲灵婚嫁时的生动情景。驴是用彩纸画笔精心制作成的陕北毛驴，骑驴的新媳妇一律是身穿婚装水灵灵的陕北俊女子，赶驴的新女婿一律是头扎白羊肚手巾的陕北好小子。"骑驴的媳妇赶驴的汉"，唢呐高奏，锣鼓喧天，赶驴后生翻身入场，吆出骑驴的俊媳妇，只见她一勒嚼亮相，便美目流盼，娇羞可人，随着或紧或慢的鼓点音乐，一场含情脉脉、爱意绵绵、惹笑逗趣、卖乖撒嗔的骑上毛驴迎娶新媳妇的故事就生动活泼地表演出来。一曲未了，早让观众看得回肠荡气、笑声满

神木远眺

砖和土的结合　邵奇青 摄

家　张少生 摄

山、一片开怀了……

值得一提的是,陕北牲灵和陕北人民一样,也为中国革命胜利做出了巨大贡献。仅 1947 年 3 月到 1948 年 3 月,参加支前的陕北牲灵就有 1,478,707 头（只）；有三千多名陕北妇女和数以万计陕北奶牛羊的乳汁喂养了伤员,直到今天在陕北大地上还流传着很多骡马立功、毛驴受奖的故事。红色的土地是用无数生命的血才染红的,在这里我们不仅要对为中国革命胜利做出巨大贡献的陕北人民躬身礼赞,同样对陕北大地上那些舍生倾血的牲灵们也当躬身礼赞!……

何曾又不是？陕北的牲灵不仅给这块古老苍凉的黄土高原一年又一年耕耘出春花秋实,五谷杂粮；给这一茬又一茬的陕北人带来了生活的希望和爱情的歌谣；同时也给这片深厚的土地带来了光荣和梦想……

我想起了迄今还健在的中国最后一代脚夫、八十多岁的府谷民间老艺人柴根。

天朗地黄歌苍凉

第二节

一到府谷县城，文化局局长忙着给我找柴根。

"老人住在城西，很快就会赶来。这段时间，他可忙哩，哪天不挣个六七十元？一年中他就盼过年，正月里请他唱歌的人可多哩，一个月下来，能挣着万把块！"文化局长笑着说。

"柴根老汉唱歌，全是死记硬背，他没文化，可肚子里东西太多了，他一来劲，会给你唱个三天三夜，全是不同调。"

说话间，柴根老汉风风火火推门走了进来。那大嗓门在楼梯口已飘进门来。

八十有三了，柴根看上去身体还很硬朗。眼不花，耳不聋，腰不弯。只是头上已没了当年羊肚子手巾三道道蓝，换成了一顶乌毡帽，身穿一件西装，污渍点点。腰里挎着手机，脚穿大口鞋，走起路来腰板竟然还是那么挺直。这身中西结合的打扮，对一个年轻人来说可能有点滑稽，可对一个八十来岁的陕北老农来说，那可是与时俱进、横刀立马于潮头了。

老汉一生不抽烟，不喝酒。一笑起来，眼睛眯成一条细线。这是当代中国至今还活着的为数不多的一代老脚夫，

演唱中的老柴根

挺拔　邵奇青　摄

一个出了名的陕北民间老艺人。你很难想象,历史的烟云在他的脚下走过漫长的几十年,如果细算一下,他走过的路可以绕地球无数圈。他的歌声,一路撒在了"走口外"的荒漠古道上。

"你从哪里来?"老汉眯起小眼睛问我。

当他得知我是上海人后,老汉得意了:"哦,西安、北京、上海、中央都来采访过我,他们都给钱哩!我六年里上了五次北京,那些有文化的人出场费要好几万,可请我只有几千元钱。我现在连低保也没有,是个农民,靠唱歌糊口!"老汉一开口,拐弯抹角点到钱,也许正如神木的马政川所说,他是在向来人暗示,他的时间是有偿的,听他唱歌是要付费的。

其实,在我还未见到柴根前,有关他的传闻已耳闻不少。民间有人认为,他喜欢吹牛胡咧咧,能把树上的麻雀吹到家中的锅里;他的才艺远没有民间艺人李治文、张天恩那样货真价实,受人尊敬;他风流成性,八十多岁的老汉汉出门还带"小蜜"。总之,在榆林,柴根是一个有争议的人物。

虽说老柴根在陕北没有李治文、张天恩那样有名望,可他的才艺却也货真价实。八十多岁的人了,一肚子的歌,不打一点隔楞地全能给你背出来、唱出来,那工夫,绝不是靠吹就能吹破天的。

有一回,电影演员李琦来到府谷,他对柴根说:"老柴,你如唱不出三十个调,三十首歌,那你就是吹牛!"结果老柴根就用三十个调,唱了三十首歌。有一首歌还就地取材,手指着李琦即兴现编:

> 喝了点凉水心里有点凉,看不见你心里就想你;
> 你抽烟,我点火,要拉话,你找我!

李琦服了。

柴根出了名后,也让人家盯上了。有一天晚上回家时,在半道上被一帮小流氓截住。不料想,二十多岁就走南闯北、见过大世面的老柴根,竟让一伙小混混用刀顶着胸膛让人掏空了兜,尽管当时身上只有四十来块钱!

话题再回到柴根。在两次与老人拉话五个多小时后,我心中有了底。这个老柴根,是陕北大地上硕果仅存的一块"音乐活化石"。尽管他

天朗地黄歌苍凉

斗大的字不认识一箩筐;尽管他有时喜欢吹牛;尽管有人说他是一夜情的鼻祖,死也要做风流鬼,但无损于他的才艺。作为活着的老艺人,他有他的文化价值。不可思议的是,这样一位风烛残年且随时会离我们而去的老人,直到现在,没有人来给他整理歌词,也没有人给他完整地录音。我想,假如失去这份珍贵的遗产,那是一种可怕的失职。

本书作者采访柴根

没了拘束,我们开始天南海北聊起来。

"听说你年轻时就'走口外'(即走西口,陕北人叫走口外)?"

柴根眯起小眼睛,一口府谷土话有点难以听懂。府谷县委宣传部副部长见状忙着给我翻译:"我二十来岁时就常年走口外,赶着骡子牲灵,唱着酸曲,从神木过黄河,走山西、进宁夏、到包头,一天要走七十里地,一副铁脚板一个月要穿破6双麻线鞋。"

陕北民间歌手柴根

"你走口外习惯走那条道呢?一个来回多少天?"

"走的道可多哩!哎呀,如果赶上牛车的话,那要二十多天!一般来说回神木三天,到榆林六天,那时,神木到榆林是四百来里地,我最远走到了大青山!我给东家倒过西瓜,运过绸缎、羊皮,返过大烟;也给八路军运过制造炸药的火药和武器弹药。干那营生,要给当时的国民党政府发现,那可要掉脑袋哩。有时运输忙,过了家门也不回,一出去就是

陕北大秧歌 张居琏 摄

几个月！"

在陕北，"脚夫"这营生是指赶着牲口供人雇用的伙计。当然，也有赶自己的牲灵，贩运自己的货物的，但绝大多数是指"赶着牲口供人雇用的人"。

有史记载：明清时的陕北脚夫，走的路线大致有三条：一是"走西口"，即经"三边"到银川、兰州；一是"走口外"，即上内蒙到包头；一是"走南路"，即下延安、西安；还有"东上"到北京、甚至到天津口岸，与洋人做生意等。这种长途贩运中最具活力的是经营"北口皮货"的边商。边商们把蒙人需要的货品带入蒙地，又将蒙地出产的牲畜带回，往往转手即可获得数倍利润。这些边商有自己的"边行"，设有商号，自身备有骆驼、驴骡，雇有脚夫、伙计。长途贩运除了皮货外，还有盐、烟、茶、麻油、糜谷豆类，以及棉花、布匹、丝绸、纸、药材、煤炭、杂货等。

显然，柴根的家境没让他成为"财主"，他只是个赶着牲口供人雇用的脚夫。

"你赶牲灵赶了多少年？"

"哎呀，一直到集体化的时候，我才成了农民！1962年那阵，公社集体化，把运输队解散了，其实，我还继续干了一阵，直到70年代初，我才开始真正歇下了！什么叫'刮野鬼'知道吗，那就是指家里丢下朵牡丹花，四处流浪不归家的人。"老人风趣地说。

"半道上有没有遇到野兽或者碰上劫道的土匪？"

"有嘛，解放后就少了，碰到那些贼，那就把车上的大烟给他就没事了。后来，脚夫们就开始结伴而行。"

"你什么时候开始唱上民歌的，现在还能唱得动吗？"我问柴根。

"哎呀，我八九岁就开始唱歌，唱了七十多年哩！八九岁时唱的歌，就是民国三十六年傅作义打日本时《转山头》的歌词，我现在还能一字不差地背下来。

"我小时候，曾经迷恋唱大戏，府谷一带流行晋剧，当时父亲对我说：戏子是下贱的活，你要唱戏，将来找不到婆姨。死了后，连狗都不拉你。嗨，没办法，我就是喜欢唱么！

"我现在以唱歌为生，有人请就唱，没人请就闲着，一年挣个万把块钱，正月里，生意最红火。"

"《摇三摆》是你编的？你还编了哪些歌？"

"对，是我唱的，也是我编的？要问我编了多少歌，哦，那可说不上，可多哩！有《对花儿》、《偷南瓜》、《四大对》等等。我告诉你，三十多年前，北京的东方歌舞团就来人找过我，还给录了音！"

"你现在肚子里装了多少歌，有没有把它记下来？"

"嗨，可多哩，三天三夜唱不完！有一回，我让孙子帮我记歌词，结果三天后，小东西有点不耐烦了，我一叫他，他拔腿就溜！嗨，我没文化，哪能记下来，全在脑子中，装在肚子里！我告诉你，现在的年轻人啊，没有我这种记性！"

"你那首《摇三摆》是怎么编出来？"

"我 20 来岁时走包头，看见路上一些漂亮女子走路一摇三摆的样子让人心动，我看着她们背影，顺口就唱了出来。六十多年了，我从山西到内蒙，沿着河套一路走一路唱，见啥唱啥。我唱的调，别人很难学会，那种风格，他们唱不出。"

柴根老汉来劲了。"我唱给你听听？我的词可多哩！"说完，扯起嗓子唱开《摇三摆》，那声音仿佛又回到"走口外"的古道上。接着又唱起了《圪梁梁》、《刮野鬼》。那歌声，哪像个八十多岁的老汉汉？

柴根见我绕有兴趣地一边听一边记，他来了兴致："我再给你唱段酸曲？"

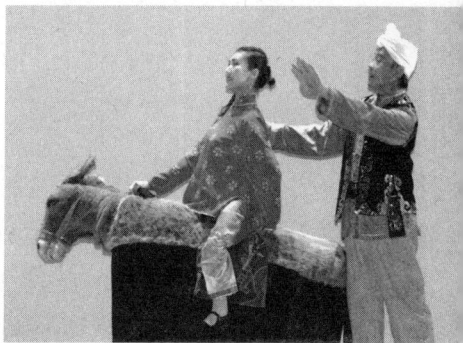

《跑驴》 邵奇青 摄

《赶骡子》 邵奇青 摄

《打花棍》 邵奇青 摄

风沉沉树梢不摆，
什么风把你刮过来。
野鹊传情带点白，
不为妹妹我为什么来！

　　"我那词可压韵了，用方言唱那更有味。"老汉很得意，一口气唱了很多歌，有二人台，有酸曲，有蒙汉调。

　　只见他气不喘，声洪亮，韵味浓，带点嘶哑的嗓音竟然还能唱出那些大跳音程，哪像个古稀之人？歌罢，老汉谦虚地笑着说："没有伴奏，换气就不那么好，让你见笑了！"

　　望着柴根，我有些遗憾，因为他的话难懂，我无法准确地记下那精彩的歌词，而更遗憾的是，连翻译的话我也难以听明白。这次采访柴根，成了心头的一大遗憾，我无奈地对他说。

　　"听不懂？"老人惊诧了。"我在北京时，中央电视台的董卿也听不懂，但她请的翻译能听懂，他是陕北人！"柴根憨厚地笑着，那小眼睛成了一条细缝，那眼白和瞳孔不知躲在哪块云之后了。

　　我又想起了柴根的那些歌，如果不能传承下来，那可是陕北民歌的一大憾事。

　　"你家儿孙中有没有跟你学唱的？"

　　"嗨，没有！四代同堂一大家子二十多口人，没一个人愿意学！"

　　"那有没有人给你整理歌词和录音的？"

　　"有嘛！西安有人给我录了几十盘带子，2004年录的，2005年给只我捎来了一盘。现在西安有人出七千元钱，要来整理我的歌，然后录音、出书。我就对他们说，你们假如赚了个十万八万，只要给我弄一两万就行了！"诙谐的语言，把大家逗乐了。

　　"三四年前，中央电视台拍《望长城》就是拍的我。王向荣还是我推荐给他们的。我与别人不同，不讲究出场费，不在乎给多少钱，他们愿给多少就给多少。你想想，电视一放，有多少人看见了我认识了我，没有中央电视台，我哪会那么出名？

　　"前几年我参加西部民歌大赛，得了六千多元的奖金，光是这部手机，就值三千多元。"柴根说。

"现在的年轻人与你交流多不多？"

"嗨，都高科技年代了，生态环境不一样了。现在的年轻人，离开了话筒就唱不好。上一次，有个外国音乐家采风团来，有8个外国人，我唱给他们听。外国人问我有多大了，我告诉他们已经80多岁了，他们非常惊异。我唱歌，从来不用话筒，声音要自然地出来。"

与柴根的谈话以及他的歌，我全录了下来，之后又输入了电脑。老汉见后好奇地问："我可以听听吗？"于是我就放给他听，听到自己的声音，老汉笑了，笑得很开心。

那晚，我留下老柴根一起在宾馆餐厅里吃晚饭。老人胃口很好，一连吃了四个白面馍馍，喝了几碗粥，他吃得很香。吃完，他一抹嘴，大步流星地走进了夜幕中。

望着柴根远去的背影，突然我觉得我犯了个错，我为什么不上他家去看看而是请一个老人从城西走到城东？为什么我事先没想到多作些准备，以便更深入地了解这个民间艺人？还有，记下马政川所说的他那满肚子的酸曲？

我伫立在寒风中，有点遗憾……

《顶灯》 邵奇青 摄

秧歌小场子 邵奇青 摄

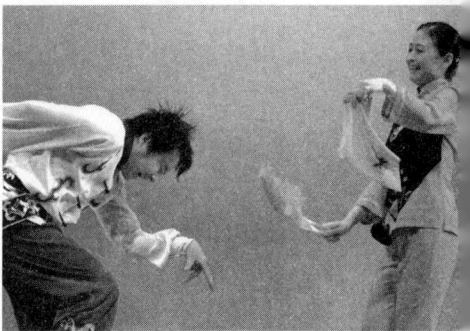

《踢场子》 邵奇青 摄

第三节

两年后的隆冬,我又一次来到府谷寻找柴根。

大地在寒冬中一片白茫茫。北方人家冬天习惯取暖,家家户户的烟囱冒起了烟。府谷的天空变得灰蒙蒙,烟霾在山谷里飘荡经久不散。此时,高原的紫外线,已很难穿透煤城上空那片迷茫烟雾。能源产业的飞速发展,使府谷付出了沉重的代价。

早在 80 年代,府谷小煤矿、小炼铁、小化工、小水泥、小炼焦一轰而上,污染严重。空中浓烟四起,尘灰飞扬、沟里黑水长流,污染遍地,周边庄稼不长,树木枯死。在县城里,家家户户紧闭门窗依然是尘土满屋。进入新千年后,当地政府关闭了一大批污染严重的小企业,加大力度加大投入,治理环境污染。可在今天看来,环境治理依然任重道远。

晚上,我前去柴根老汉家。在县城西北角的一个村子里,我们在寻找门牌号。刚走到一个院子前,传来一阵狗叫。陪同我的人告诉我,这就是老柴根的家。黑暗中,老人闻声迎了出来,一边叱呵着大黄狗,一边说:"别怕,栓着呢?"

院子狭长,不大。柴根独自一人住着两孔窑洞。走进窑洞,迎面就闻到了一股酸菜味。暗黄的灯光下,家中显得有点凌乱,陈设非常简陋,没什么家具,炕上有一个柜子,一个小炕桌,墙角边有一排箱子,放着什物。地中间有只取暖用的铁炉,炉子里的火半暗半明。炉边,有一堆没清扫的垃圾。真不知,没有婆姨的日子,老汉这些年是咋过的。

今年85 岁了,柴根见了我,眯起小眼睛笑了。"咱们老相识了,几年前我们拉过话,我还给你唱过五六首歌哩!"老汉的记忆力惊人,服了!可能因为他前些日子感冒了,柴根在不断地咳嗽。

"你们来了,我唱给你们听。趁我还在,肚子里的东西我也带不走!"老汉说。

其实,老汉说错了。他在,歌在,如果他不在了,满肚子的歌不也带进天堂了吗?

柴根想起了什么,转身问陪我前去的宣传部领导:"上次我到北京去演出的报酬,还没拿到哩!"

见此情景,我赶忙往他手中塞上了几张大团结,老人顺手装进兜里,开心地笑了。

我们围着火炉,又拉起话。

"你的歌,现在有没有人专门给你整理?"

"有嘛,我与西安的经纪人签了合同,唱片公司已经出版了我的唱片,听说已经卖了三万多张。"老汉话题一转,开始发起牢骚:

"去年,陕西评出十大歌王,为什么没有我?什么歌王大王的,真正的歌王在这!

"前段时间,省上的贺艺来看我,(原陕西省音乐家协会主席)他四十年没见到我了。他告诉年轻人:你们根本没有柴根老人有才能,四十多年前的《三字经》,他到现在还能背出来。要不是我去年动了肠胃炎手术,我再唱十年没问题。

"这次到北京,我唱的可多哩!《摇三摆》、《三十里明沙》、《十对花》、《打坐腔》我全唱了。还给他们现编了《56个民族大家庭》这首歌!光《羊肚子手巾三道道蓝》这首歌,我就唱了七八个调,我可会编哩!"

柴根拉开嗓子唱了起来。果然不假,他用七个不同的调,唱出了这首歌。这一开唱,《天下黄河》、《刮烟鬼》、《炖

《五哥放羊》 马树槐 摄

《霸王鞭》 马树槐 摄

火火秧歌情 邵奇青 摄

羊肉》，他一路唱了下去。

> 水流千里归在海，人走千里要回来。
> 双胡燕冬天不抹台，千里看你跑烂一双鞋。
> ……

之后，他又给我解释其中一首歌的歌词。

他的歌，与现今的陕北歌手唱的不同，没有任何修饰，没有任何舞台雕琢的痕迹，没有任何花里胡哨，没有任何艺术加工的成分，只有"秦风汉骨"，带有黄土味，是一个地道的老农用田野式的方式唱出的民歌。

我想起了酸曲。"你肚子里有多少酸曲？"我问柴根。

"可多哩，我可会唱哩！"说着，他唱起了《叫大娘》。这是他二十来岁时在麻镇听到的，六十多年了，他还背了下来。

我一边听一边记，那个费劲哟，一首歌记了整整20来分钟，他一句一句背，我一句一句记。

这酸曲，是时代的见证，是陕北的民间文化、口头文化珍贵的遗产。我惊叹陕北那语言，学问实在太大了。那口头文化的表述性、生动性，足可以让文字工作者目瞪口呆，汗颜，自叹不如。我永远弄不明白，那些一辈子斗大字不识几个的农民歌手，怎么会创造出如此伟大鲜活的语言？

柴根一首接着一首唱起了酸曲：

> 白布杉衫子母扣，
> 抱住妹子亲不够。
> 辣不过花椒香不过肉，
> 亲不够的妹子咬两口。
> ……
> 大炖那羊肉离不了葱，
> 酒曲那不酸不好听。
> 甜盈盈苹果水淋淋的梨，
> 酸不溜溜才有一点人（呀嘛）人情味。
> 先炖羊肉后放葱，

先摸那绵奶奶后上你的身；

几时上了你的身。

好比那个蛤蟆游水两腿蹬。

……

那酸曲唱得众人哈哈大笑。我在一边费劲地记歌词。

时间在说笑中过得飞快，一眨眼工夫，三个多小时过去了，我们意犹未尽，继续拉着话。

"那时你走一趟口外能挣多少钱？"

"我十八岁时结了婚，二十多岁开始刮野鬼。那时候，两头骡子驮三百来斤，一天走六七十里地，一边走啊一边唱。我跑的地区是日本人占领的地区，经常给八路军驮东西。走一回包头，一次能挣三五十块大洋。"

他的话，使我产生了怀疑，如果二十来天走一趟口外就能挣个三五十块大洋，那柴根岂不发大了？可以合理想象一下，当时在陕北，买几十亩地也只不过上百块大洋。以他四十多年的脚夫生涯所挣的钱，早该成为一个"财主"才对啊！况且在脚夫中，他仅仅是个捎把式，还不是个正传。

是他的话有水分，还是他的钱一路撒在了风流路上了？

"你常年走口外，有没有相好的？"我们开始直截了当发问。

"有哩！那时，哪个地方有好姑娘，我们就歇哪儿。好姑娘，谁不喜欢？那年

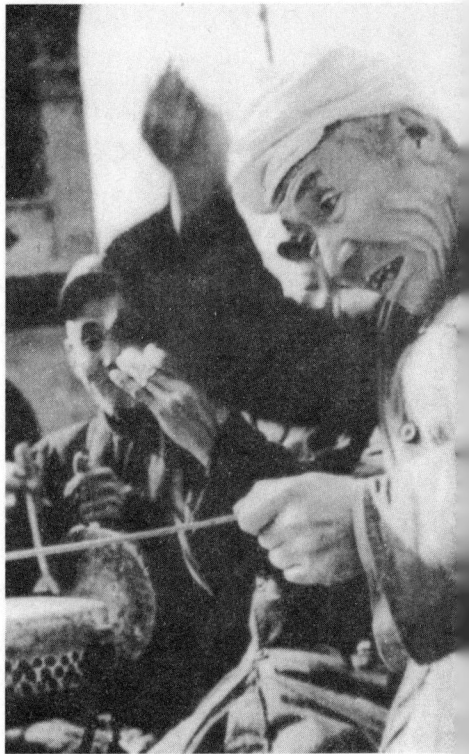

板鼓声下《打金钱》 张居琏 摄

《五月散花》 马树槐 摄

走内蒙,我把姊妹俩都搞到手哩,去时找妹妹,回来找姐姐,我一个人把两个人的活全干了!但纸里包不住火,时间一长,这姐妹俩知道了,开始闹开了矛盾,直到现在俩人不讲话哩!"一说到年轻时的风流事,柴根诡秘地笑了,那神情很得意。

"她们姐妹俩相隔二十里地,都是开旅店的。那时,店家派出女子往往跑到几十里地外的驿道上去拉客。我们就这样认识的。"

那老汉,简直是如今一夜情的鼻祖,风流得很。正如陕北民歌《洗菜心》中所唱:"……老天爷下大雨,宁死在花下也不悔,落上一个风流鬼,梅占百花魁。"其实,柴根"走口外"的风流韵事,并不是个别现象,是那个年代一代代脚夫们真实生活的写照。

"客人出门靠店家,天下店家喜客人。"穿行在陕北大地上的脚夫,带动了商贸业,也带动了客店业的兴盛,脚夫成了各个店家的固定客源,路边争夺的对象。《洛川县志》曾记载:不少繁华集市上的客店还设有赌局、戏院。但也有一些脚夫喜欢住路边小店。这些小店可能是一孔窑洞,或者是一间茅草屋。走南闯北的脚夫,大多年轻能干、强壮健美,他们见多识广能说会道,不少人还身怀绝活,说书、唱戏、唱民歌、武功、逗乐子。于是,歇息之处也就有了欢笑、生机,这样的后生,在一个店家住久了,自然会有爱慕他们的女人,或者有他们的相好。有了脚夫,有了客店,便有了男欢女爱的缠绵故事。有了男欢女爱的故事,也就有了柔肠寸断、寄托相思的情歌。

> 你是我的哥哥哟,你就招一招手;
> 你不是我的哥哥哟,你就走你的路。
> ……
> 不爱东来不爱西,只爱哥哥二十一,
> 不爱哥哥银子不爱哥哥钱,单爱哥哥五端身子大花眼,
> 银子和钱堆成山,心里不对徒枉然。
> ……

脚夫们长年行走在孤独寂寞的塞外荒丘中,生活中缺少了女人,空虚心焦,就像一锅鲜美的鸡汤缺少了盐——没味。前苏联哲学家瓦西列

夫在《情爱论》一书中说:"爱情给人们带来明朗欢乐,是人类精神的一种最深沉的冲动。"这种婚外情,成了脚夫们精神和生理上须臾不离的"调味品"。

路遥在他的小说《人生》中,就曾对脚夫的爱情有过描写。德顺老汉对高加林和刘巧珍说:我那时已经二十几岁了,掌柜的看我心眼还活,农活不忙了,就打发我吆牲灵到口外去驮盐,驮皮货。那时,我就在无定河畔的一个歇脚店里,结交了店主家的女子,成了相好。那女子叫个灵转,长得比咱县剧团的小旦都俊样。我每次赶牲灵到他们那里,灵转都计算得准准的。等我一在他们村的前砭上出现,她就唱信天游迎接我哩。她的嗓音真好啊! 就像银铃碰银铃一样好听。我歇进那店,就不想走了。灵转背着她爸,偷得给我吃羊肉扁食,荞麦碗砣。一到晚上,她就偷偷从她的房子里溜出来,摸到我的窑里来了。一天,两天,眼看时间耽搁得太多了,我只得又赶着牲灵,起身往口外走。那灵转常哭得像泪人一样,直把我送到无定河畔,又给我唱信天游……

"你那时思想很解放?"我问柴根。

"早就解放哩!"老汉说。

"这样的相好,你一辈子有多少?"

"嗨,说不清!"老汉憨厚地笑了,一点都没觉得不自在,就像如他所说:不落上一个风流鬼,见了阎王爷没法交代。

不知不觉中,已是深夜十一点了。

《小放牛》 马树槐 摄

陕北秧歌 张步兴 摄

柴根谈兴正浓。我忽然想起了马政川书中收集的民歌《江湖行》。那歌
唱道：

> 东三天西两天无处来安身，
> 饥一顿饱一顿饮食有点不均匀。
> ……
> 刮不完的野鬼呀受不完的罪，
> 说不完的好话我受不完的气。
> 江湖上跑来呀江湖上逛，
> 江湖上的酸甜苦辣我都尝过。
> ……
> 鸡爪爪黄连呀这苦豆根，
> 苦来苦去苦在那咱的心。
> 满天这星星满天明，
> 有一颗不明就是咱苦命人。
> ……

天朗地黄歌苍凉

望着老汉孑然一身自得其乐的生活，我知道，那受苦人江湖行的日
子已经远去。四十多年的脚夫生涯，骡马牲灵、荒漠古道、店家女人，给
他留下了太多的东西，至今完好无损地装在他的记忆盒子中，成了心中
永远的珍藏。而今，他只有一个意念，再多活几年，上电视台再唱上几
年……

第五章 "走西口"妹子刘美兰

民歌《走西口》，让我想起了府谷的青年二人台演唱家——"走西口"妹子刘美兰……

从河曲到府谷，演艺事业的一步步拓展，从单身到有了一个温馨的小家，而后又有了可爱的女儿，刘美兰开始享受生活的阳光。可磨难偏偏与她过不去。

第一节

如果说,诞生于半个多世纪前的"脚夫"是陕北高原上一个特殊阶层的话,那么,黄土高原上的"走西口"(也叫"走口外")现象,则是晋陕大地上的另一份弥足珍贵的历史文化遗产。几百年来,因这一特殊历史现象而诞生的民歌《走西口》,流传于山西、陕西、内蒙、河北、青海、宁夏和甘肃等地,它被称之为"天下黄河第一曲"。

许多专家学者对此现象产生了浓厚的兴趣。有关于"走西口"的历史成因、路线以及民歌的产生等学术论述,已多见于报刊杂志。陕西省艺术研究所的民歌专家杨璀,倾毕生之精力,在广袤的山野乡村中采集了近千首民歌,其中《走西口》一曲,就不下几十种版本;陕西省音乐学家李世斌先生,在他赠与我的《二人台音乐》专著中,也收录了他在府谷、河曲、土默土右旗、定边、靖边、神木、绥德、米脂采集的二人台《走西口》版本不下二十首。这位二人台专家告诉我:"《走西口》的曲调,具有一定程度的叙事性或戏剧性,专曲专用,随着内容情绪的发展,在板式、节奏、调式上也不断地有所变化。有亮调、慢板、流水板等板式变化以及调式调性的对比运用,结构比较统一完整。"

然而,许许多多风格各异的版本,虽然词曲上存在一定的差异,可"异曲同宗",所表达的内容,都是黄土地上的生民走口外的悲欢离合、爱恨情愁。有一点遗憾的是,至今还未有人能真正考证出这首歌起源的确切年代以及其作者究竟是谁?

这无关紧要,因为这首不朽的民歌所表现出的艺术张力、艺术震撼力以及它的艺术价值,已经湮没了那些琐碎枝节。那特有的高亢深沉、凄婉悲凉的情感流自心田:

> 哥哥(了)你走(得)西口,
> 小妹妹我实难留,
> 双手拉住(了)情郎哥哥的手(啊),

送出了大门（哎嗨）口。

送出（了）（就）大门（哟嗨）口，
至死也不丢你的手，
两眼的泪珠儿，
一道一道一道一道，
朵朵朵朵朵的往下（哎嗨）流。

这歌声中，新婚夫妇分别时的炽热情感和缠绵，变成了千叮咛万嘱咐，走路、过河、坐船、歇崖、住店、睡觉、受苦、生活、交朋友，不忘妹妹不忘老家……

这歌声，唱尽了西出杀虎口、雁门关以及陕北"走口外"生民的苍凉、离别、痛苦和无奈，咆哮黄河水哟，带着那苦涩的泪水和心滴的血，一路呜咽奔泻远方……

这歌声，也使黄土高原上的女人们变成一座座木雕，望穿秋水，望断天涯路……

这撼天动地的离歌，使天下多少有情人为之柔肠寸断，泪湿衣衫。

民歌《走西口》，让我想起了府谷的青年二人台演唱家——"走西口"妹子刘美兰。称她为"走西口"妹子，并不是因为她的父辈曾是"走西口"大军中的一员，而是因为她以擅长演唱陕北二人台《走西口》出名并成为府谷乃至榆林民歌的财富。她演唱的《走西口》，别有一种深沉韵味，她用心、用情，唱出了过去黄土高原上人们的苦难以及这首经典民歌

二郎山

千年的老根黄土里埋　邵奇青　摄

背后已淡去的历史遗迹。

而今在全国广为流传的《走西口》,成了人们在音乐会舞台上欣赏的经典民歌,在日常生活中供人自娱自乐的消遣歌曲。歌中的苦难,已经被欢娱声所遮盖。

可在晋陕大地,它绝非仅仅是一首凄美的民歌,而是存在于黄土高原上近三个世纪中的一个悲惨历史现象,是晋陕流民的痛苦离情和生活苦难史在民歌中的高度浓缩。

千年苦难史,百年移民潮。

19世纪初始到新中国成立前的百年移民潮,是一部苦难百姓的心酸史。成千上万失去土地或迫于生计的农民,开始"走西口"、"闯关东"、"下南洋"、"填四川"……他们用泪水、汗水、血水,谱写出一曲曲荡气回肠的创业悲歌和人生悲歌!

有考证者说:"走口外"这一特殊社会现象,产生于晋西北的河曲、保德、偏关三县,雁北的朔县、平鲁、左云、右玉、山阴五县;陕北的府谷、神木、榆林、横山、靖边、定边六县。从明末清初到新中国建国初期,一代代"面对黄土背朝天"的苦难苍生,告别了黄天厚土,舍下妻儿老小,一步一回头,踏上了"走西口"这条生死未卜的人生路。

这一步,便踏出了几百年来黄土地上世代"受苦人"命运多舛的凝重历史!

"神木府谷州,十年九不收,男人走口外,女人掏苦菜。"因为揽工能吃饱,秋后还能挣三五斗粮回来养家糊口,于是,一代又一代的陕北青壮年劳力,悲壮地汇成一支支"走口外"大军,背井离乡,也产生出《走西口》这等的悲壮离歌。

受苦人穷怕了,于是,神府一带有了"送穷"的民俗。正月初五,人们五更即起,将头天晚上扫下的垃圾,放上一点糕馍之类的供品,插上一柱香,一起送出大门外,并念叨:"穷媳妇穷,早离我家门。"向南走上三百六十步后倒掉垃圾,在地上拣上一根柴棍,表示接上了财帛,然后往家跑。可"送穷"又有什么用呢?年年送穷年年穷……而与府谷一河之隔的山西河曲,至今还保留着这样一种风俗:每年的农历七月十五,人们都要在黄河里漂放千万盏用麻纸扎成的河灯,据说,每一盏河灯都代表着一个灵魂,放灯的人虔诚地盼望着这些顺流

天朗地黄歌苍凉

而下的河灯，能够把那些客死异乡的孤魂带回故乡……

我不知道，刘美兰在歌声中怎么会唱出如此真挚质朴、极具穿透力、震撼力的真情实感的。

2004年"上海之春·榆林信天游"音乐会上，刘美兰演唱的《走西口》，深深撞击着我的灵魂。以至走出音乐厅后，那凄清委婉的旋律总在耳边萦回。那生离死别似的哭腔，撕人心肺，让人流泪。我感觉音乐使自己的心灵受到了一次强震。在很长一段时间里，这种震撼力左右着我的情绪，以至我不得不一次次地回到录音中，寻找那看不见、摸不着的美，探寻那存在于歌中的"悲切中有恐惧、无助中又无奈、离情中有深情、痛苦中孕育着希望"的情感艺术。

我渴望破解音乐中真情实感的原动力。

音乐界先贤、陕西省艺术研究所副研究员杨璀的《五首同词异曲的〈走西口〉浅析》论述，给了我有益的启发：她说："在学习采录民间歌曲的过程中，特别令人惊叹的一个现象是不仅不同的歌词可以产生多种多样的曲调，而且同一首词，由于民歌作者各自的处境、经历、对事物的感受以及艺术造诣上的差别，也同样可以产生出各显风采的曲调来。"杨璀先生在技术上、手法上、表现上比较了五首歌后又说："除了作者的创作辛劳

刘美兰唱《走西口》　邵奇青 摄

《花鞭飞舞》　邵奇青 摄

以外,更重要的还在于他们本身有着深厚的生活基础……"

　　原来,艺术的美丽是痛苦提炼的。这使我对刘美兰的人生经历产生了浓厚兴趣。

天朗地黄歌苍凉

第二节

府谷盛产民歌手。从丁喜才到柴根、王向荣、张富奎、刘美兰、张亮亮，一批批优秀的民歌手成了府谷的文化品牌和财富。而府谷剧团的台柱子刘美兰，无疑是其中最出跳的人物之一。

一般对民间歌手，习惯上称歌手。而对于刘美兰，人们却尊称她为二人台演唱家。这个从黄河对岸河曲"走西口"到府谷并成为府谷媳妇的妹子，就因为她一曲震撼人心的《走西口》，以及她演唱二人台特别棒而改变了人生轨迹。作为艺术人才，1991年，还是姑娘的她，被榆林市引进到府谷，成为县剧团的一员。

十几年过去了，刘美兰在艺术上取得了不凡的成绩。她曾获榆林青年歌手大赛一等奖，1998年，她应邀走进中央电视台春节晚会；她还获得晋、陕、蒙民歌二人台大赛一等奖；第二届中国西部民歌（花儿）歌手邀请赛三等奖；2004年1月，在CCTV民歌大赛中荣获对唱组比赛金奖；同年2月，在榆林市和吕梁地区联合举办的伞头民歌大赛中，她又荣获特等奖。然而，艺术上春风得意的刘美兰，却不断地在迎战布满暗礁的生活历程……

当我们面对面坐着时，我忽然发现，

坚毅的刘美兰　邵奇青 摄

"陕北歌王"王向荣　邵奇青 摄

她那看似乌黑的头发中生出了许多白发。

"几年不见,你怎么多了那么多白发?"我惊讶地问她。

"可能是遗传,家庭所累也有关系,你知道,今年我才37岁。"刘美兰一边回答,娴静温和的脸上露出了微微的笑容。那笑容中,似乎有疲惫,有艰辛,还隐藏着一丝辛酸。

"你的老家在哪,怎么会到陕北来的呢?"我问。

"在山西河曲县,就是二人台的故乡,中国民歌之县。我家世代是农民,家里很穷,从小就上不起学。我们那里,一个县里有几十个剧团,十几个人就搭起一个班子,到处唱,我就参加了。那时,我跟一个叫张翠英的老艺人学,她唱二人台可有名哩!

"那会,我先在村子里唱,她看我有发展前途,之后就推荐我到了县文化馆,一个月挣42块钱。去了后,我最先唱的就是《走西口》,很快就唱红了。县里的电视台、电台录下了我很多资料。我到河曲文化馆后在演艺剧团,认识了很多唱民歌的老师,她们现在有的在陕西省歌舞剧院工作,有的在内蒙古自治区歌舞团,还有的在山西省歌舞剧院工作,她们都曾教过我。在河曲演艺剧团那些年,我学到了很多东西。

"有一次,府谷县召开县政协大会,请河曲地方的剧团前去演出,会上,当时的府谷县县长、后来成了榆林市市委副书记的李涛听了我唱后,非常喜欢,当即决定,我把引进到一河之隔的府谷县。"

"那是哪一年的事?"

"1991年么,那时我还没有成家。我到府谷三年以后,才转正成了正式吃财政饭的职工。"

"那你是如何喜欢上唱歌这行的呢?"

"喜欢么,从小就喜欢唱歌。"刘美兰轻声地说。

这位从小在极度贫困家庭中长大的河曲妹子,面对贫穷,当时只有一个愿望,那就是:苦尽甘来。她将希望押在了与生俱来的嗓子上,祈望能走出一条谋生之路。

位于晋西北的河曲县,隔黄河分别与陕西省府谷县、内蒙古自治区准格尔旗相望,素有"鸡鸣一声闻三省"之称。由于境内地表破碎,沟壑纵横,植被稀少,水土流失严重,至今仍是国家级贫困县。当地民谣称:"河曲保德州,十年九不收,男人走口外,女人捡苦菜。"

贫瘠的土地上，只能种糜子、谷子、高粱、玉米、山药、大豆等。河曲人用糜子发酵后做成的"酸捞饭"，成了一日三餐的主食。

可每天能有"酸捞饭"添饱肚子，对刘美兰来说，简直是一种奢望。几代残缺的家庭，注定了她家彻骨贫寒。

她父亲三岁那年，爷爷撒手人寰。瘸子奶奶每天靠摆摊卖小吃，含辛茹苦把她父亲拉扯大。那年头，乡里土匪横行，日子过得太难哩！

刘美兰家姊妹六个，她最小。十几岁时，父亲又去世了，母亲将她们拉扯大。父亲没了后，家中所有的活计全压在她母亲一人身上，家里哪个穷啊，经常揭不开锅，吃了上顿没下顿，在村里出了名。刘美兰清楚地记得，父亲还健在时，有一回过大年，她问父亲，"今天吃甚啊！"

"吃猪肉！"父亲这句话，使姊妹六个嘴馋得咽了整整一天唾沫，她们盼啊盼啊，就等着天黑吃年夜饭。那天，全家八口人，美美地吃了三斤肉。

很多年后，刘美兰回忆起那顿年夜饭时还说："我觉得那年真是幸福极了！"

"怪不得，你唱的《走西口》与众不同，那里面有生活，有亲历的苦难在里面。这个《走西口》版本，是目前我听到的最好一个，陕北二人台，就有一种特别的韵味。"我对刘美兰说。

"嗨，我家有很多亲戚，因为太穷，当

陕北民歌手刘美兰　邵奇青 摄

年都走西口到了内蒙,现在还都在那呢!走西口这个现象,就活生生发生在我的父辈人身上,所以我总唱。而我唱的是老版本,与陕北的不完全一样,吐字也不一样。

"河曲是中国出名的民歌县、二人台故乡,黄河文化、边塞文化在河曲融为一体,产生了一代又一代才华横溢的民间艺人。二人台《走西口》就产生于此。河曲的民歌艺术,在山西独领风骚。民间最常见的就是二人台,一丑一旦,亦歌亦舞,精悍活泼,深受晋、陕、蒙等地老百姓喜爱。仅二人台剧目就有一百多出。其中最出名的有《走西口》、《探病》、《挂红灯》、《打金钱》、《栽果树》、《掏炭》等等,有着浓郁的地方特色和黄河风情。"一说起民歌和二人台,刘美兰的话多了许多。

"你不知道,民间有关走西口的故事可多哩。我们河曲境内的'西口古渡',就曾是走西口的一条重要通道。有人说,从康熙十九年到解放前的近三百年里,因走西口到内蒙定居的人就有二十万之多。据说今日包头市和鄂尔多斯市,有三分之二的人都是当年从晋、陕、冀等地走西口生民的后裔!"

沉重的历史,有着说不尽道不完的"走西口"!有多少汉子迫于生计,行前烧了"离门纸",一跟扁担,肩挑着一捆行李,过长城、渡黄河、走西口,进河套,背井离乡,撒下一路艰辛酸苦,那其中,又有多少白骨掩埋在西去的荒凉大漠中?

有一部文学作品中,曾叙述了一个真实的故事。说的是一个放羊小伙子,告诉他的未婚妻要去口外挣钱后回来娶她。姑娘默默地在他脖上挂了定情信物后,小伙子挥泪踏上了走口外的漫漫长路。

谁知一去多年杳无音信,而姑娘望眼欲穿。姑娘伤心极了:梁头的狐子展不起腰,穷日子逼得哥哥走了河套;提起亲亲跑口外,泪蛋蛋流得泡一怀;你走西口我上房,手扳住烟囱泪汪汪。

之后不断有消息传来说,她的情哥哥死了。有人说他路途遭遇土匪被劫杀;有人说他已葬身暴风雪中;还有人说他在茫茫沙漠中迷失了方向饿死了。痴情女子说什么也不信,便循着恋人当年走西口的方向一路找去。果然,她找到了。在一堆被风沙掩埋的累累白骨中,她找到了那个定情信物,可到底哪具尸骸是她的情哥哥,已经没法儿分辨。这位现代"孟姜女",从此也再没有回来……

凄美的故事到此打住。刘美兰见我一时不语,打破沉默说:"其实,走西口作为一种共享文化资源,榆林占了半壁河山,由于陕北民歌的传播强势,使信天游与陕北二人台《走西口》传遍了大江南北。作为府谷的媳妇,我真为自己有机会传播陕北民歌而高兴!"

刘美兰的一番话,使得在一边不语的老柴根笑了,而且笑得很酣畅!

刘美兰在交响音乐会上　邵奇青 摄

第三节

从河曲到府谷,演艺事业的一步步拓展,从单身到有了一个温馨的小家,而后又有了可爱的女儿,刘美兰开始享受生活的阳光。可磨难偏偏与她过不去。

天性越坚强,就越会受苦遭难,反过来,苦难越大,就越能充分发展个人的坚强秉性。有这种坚强秉性的人,无论经受多大的痛苦,她从不改变自己的信念。从刘美兰的身上,我看到了她对生活磨难的一种韧性。

我们继续着谈话。幸运的是,在我之前,她还从未敞开心扉与任何人谈起她的身世和遭遇。

"你上世纪90年代到府谷时,府谷是不是还很穷?"

"那是,不仅我的家乡河曲穷,这里也很穷,工资经常发不出。现在的府谷与90年代那时相比,大不一样了,从1993年起,府谷发展得很快。"

"现在你一个月能挣多少钱?"

"全部加在一起有八百多块钱。"

"你家里现在可好,我听说你的老公患有肾病?"

"嗨,说起我家里边,可有故事哩!"刘美兰的声调变了,话语显得有些沉重。

"说实话,家里没事时,我的工资刚好够全家三个人开销。孩子五岁那年,家中遭遇了不幸。老公突然检查出尿毒症,肾衰竭。一开始时,我们去县医院看病,医生检查后说是肾炎,拍完片子,医生又诊断说是胸膜炎,于是就按此治疗。九天之后,老公病情发作,人快不行了,我们匆忙赶去太原的大医院。结果一检查,医生确诊是尿毒症,需要马上透析,否则有生命危险。那透析,做一次就是400元,现在已经涨到了600元。太原的医生告诉我,最好到北京或者上海的大医院做换肾手术。老公病情稍稍稳定些后,我们又赶往了北京309医院。

"没想到，我们非常幸运，三个月后医院就找到肾源了。说实话，换一个肾，要化几十万元，还要定期透析，这对我们工薪阶层来说，日子太难过了。但是，救人第一位，再昂贵的费用，我也必须得承受。当时家中只有两三万块钱存款。可前期的检查、透析和路费等花销，就用去了不少钱。没办法，我只得跟亲戚借、跟朋友借、还跟单位上借了钱，有些钱，我至今还没能还上。

　　"手术做得很成功，我一个人在北京陪床。为了检查方便，换肾后，我们还在北京租了房。从我老公2000年换肾至今已有七八年时间了，目前身体保护得还不错。现在，每两个月得上北京检查一次。

　　"我啊，现在一切都为老公，就是不吃不喝，也要把他保护好。"

　　"那你的生活负担、精神负担很重？"

　　"是，是的。他的工资很低。就说去北京的火车票吧，现在已经涨了三倍。而我们每年要去六次，吃住、路费都得自己掏。药费呢，府谷实行医保后，除去国家负担的，我们自己出百分之三十，就这样，一年至少也得花五六万块钱。"

　　"那你经常要出去演出，家中又怎么办？"

　　"我虽是个女人，但又是一个男人，家中所有的活计，我全得承担。一有演出，我必须先要把家里的大人、孩子安顿好才能走。"

刘美兰与温永凯的二人台　邵奇青　摄

美在民间　张少生　摄

性格　邵奇青　摄

"你现在一年演出的收入有多少?"

"如果是县里和市里的任务演出,那只有补助,演一场最多100元钱。如果是外地邀请的商业性演出,那我的出场费约在2000元。最近,中央台的'民歌中国'请我去,我觉得应该去,因为社会影响太大了。你知道,我们小地方,这样的机会很少。"

"你的二人台唱得非常好,而且还有潜力,那你怎么练声呢?"我问她。

刘美兰无奈地说:"我不练声,在家里一声也不唱。前些年,因为老公有病,我几乎放弃了所有的演出,一直陪他看病照料他,这几年才开始正常上班。嗨,现在唱,全凭过去那些功底了。

"那年,西部民歌大赛我得了金奖,之后一连好几年都拿到金奖。当时陕西省音乐家协会主席贺艺对我说:你的二人台唱得太浓了,好! 我听了深受感动,觉得自己应该再上一层楼。可谁又知道我的家庭情况? 事业和家庭对我来说,真是太难了!"刘美兰长长叹了一口气。

"你感觉家庭对你个人发展有没有拖累?"

"嗨,有影响! 自我结婚后,公婆对我常外出演出有点不满意。1996年前,我每年都安排不少演出。1997年中央台七套为农民举办了一台春节晚会,又邀请我参加。还有,与王向荣一起参加中央台举行的元宵节晚会等等,演出机会不少。

"咱们这小地方,老人思想很保守。有一年过年要去北京演出,公婆对我说:'大过年的人家都往回走,哪有往外走的? 女人不在家好好呆着,搞甚呢?'面对老人,我又能说什么呢?"

"假如家庭没有发生那些事,你现在可能会发展得更好些?"我对刘美兰说。

"嗨,这就是命! 我想,哪一个人能逃脱命运的摆布? 我认了!"

天上的使者在众魂面前掷下很多包裹,每包之中藏有一个命运,每个灵魂可在其中拣取他所希冀的一个。然而,在这些命运中,贫富贵贱、健康疾病都混在了一起,当你拣取了其中一个时,你的命运也就决定了。

其实,凭着刘美兰出色的山西民歌、陕北民歌以及二人台的演唱技艺,她的发展空间很大,机会也不断随之而来。在河曲时,忻州市的保险公司、银行曾想调她去;到了府谷后,榆林市文化局多次想调她到市里,后都因为考虑到她家庭的实际情况而作罢。前些年,延安市歌舞团也想引进她,但因为家庭,刘美兰都放弃了。她告诉我,到那些地方去,演出机会肯定比现在多得多,可家庭怎么办?现在对我来说,到哪都无所谓,挣钱是第一位的。现在我一边照顾家,一年还能挣上两万左右。我在事业单位工作,生活有保障,我知足了!

"日子过得这么苦,你会不会产生怨气?"

"嗨,有怨气的是我老公。你不知道,人长期在病中脾气就会变坏,爱发怒。不得已,我就担当起老公的心理医生,需要常常安抚他、开导他。我对他说,我们过去穷惯了,对生活没那么多奢望,只要有房子住,我们就能生活。三个人一个月生活费几百元钱,够用了!

"说实话,现在府谷县城里菜价很高,煤老板一多,把物价抬上去了。现在农村的农民,也比我们县里上班的人强。村里有煤矿,家家有股份。可对我来说,只要老公身体好,比什么都重要,再苦的日子我都能过!"

沉重的生活、精神压力,使三十多岁的刘美兰头发过早变白了。

她在无奈地中深知,既然生活拒绝了她一心一意的努力,她就得改变自己的生活,使它变得实际,思想变得平和。她的经历已经告诉她,成家立业后将面临着辛劳,无法规避的抗争和幻想的破

刘美兰与作曲家周成龙

乐　张少生 摄

灭。她发奋地工作，在县城的小剧团里，她成了"团柱子"，独唱、舞蹈、演小戏，缺人手时，甚至连打击乐也凑乎着上。有时候一天排练下来，累的连说话的力气都没有。殊不知演员这行当，不仅要吃好，还要休息好，才能保持良好的状态走上舞台。可这一切，对目前的刘美兰来说，简直就是一种奢望。

望着眼前的刘美兰，我的耳际又响了她的歌声。那山西民歌《菜园小曲》、《小亲亲》、《那是一个谁》，唱得多地道；那陕北二人台《走西口》、《打金钱》、《十对花》，唱得又是那么浓郁明快，承转起合、坐打念唱，十分到位。

"我很喜欢戏剧，从小在家就喜欢听，只是我没学过声乐，很遗憾。但我知道很多名家，都是从戏曲中走出来的。我非常喜欢唱山西民歌、二人台和陕北民歌，这是我生活的寄托，所以只要有演出机会，我绝不会放过，我想，不能把自己追求的'艺术之魂'丢掉。现在，让我感到欣慰的是，我十一岁的女儿音乐感觉很好，不管什么歌，一教她就会唱。我把一生所有的希望寄托在女儿身上了！"刘美兰笑着说。

忽然间，我明白了，为什么她的《走西口》唱得那么好，就因为这中间有生活、有苦难、有哀怨、有亲情，酸甜苦辣、五味杂陈，全在歌中了⋯⋯

第六章 "西漂一族"歌手苍郎

当"西漂一族"陕北歌手苍郎递上他的名片时,我想起了齐秦那首"我是一匹来自北方的狼"的老歌。这个漂泊天涯的歌手,如同冬夜荒野中一头孤独的狼,机警的目光在漫漫雪地中搜寻着赖以生存的猎物……

第一节

一轮红日带着光芒，从地平线上微露，驱赶着黎明前的黑暗。晨曦的逆光勾勒出一个天涯孤独者的身影，看不清他的脸，只有一个汉子的粗犷轮廓。那底下有一行小字：“我要把祖先的歌谣传遍天下。”

当“西漂一族”歌手苍郎递上他的名片时，我想起了齐秦那首“我是一匹来自北方的狼”的老歌。这个漂泊天涯的歌手，如同冬夜荒野中一头孤独的狼，机警的目光在漫漫雪地中搜寻着赖以生存的猎物……

认识苍郎，是音乐前辈刘均平的引荐。两年前有一次从榆林回到西安，我们在一起探讨陕北民歌的现状时无意间所谈及的一个歌手。他告诉我，这个歌手有点与众不同，值得关注。晚上，在电影音乐大师赵季平家中，他也不约而同地谈到了这位年轻歌手并流露出好感。

音乐家最敏感，他们的感觉不会有错，我开始注意起这个有点另类但很特别的名字——苍郎。

说实话，我平生喜欢古典音乐，平时所接触的也基本是严肃音乐的音乐家，所以，对流行音乐与歌手，我奉行“不接触”原则。因为此音乐与那音乐，完全两码事。可那天我在刘均平老人那儿听了苍郎改编创作与演唱的几首民歌录音后，我的“有色眼睛”突然跌在了地上——碎了。那是一个有着沧桑感又带有磁性的歌喉：

一对对（那个）鸳鸯水（那）上漂，
人家（甘那个）都说是咱们俩（个）好，
你要是有那心思咱就慢慢交，
你没有那心思（呀就呀么）就拉倒。

你说（那个）拉倒（咱）就（那）拉倒，
世上的（那个）好人（就）有那多少，
谁要是有（那）良心咱一辈辈好，

谁没有(那)良心叫鸦鹊(鹊)掏。

你对我(那个)好(来)我(那)知道,
就像(那个)老羊疼(那)羊羔,
墙头上跑(那)马还嫌低,
我忘了我的娘老子我忘不了你。

想你(那个)想成个泪人人,
抽签(那个)算卦我还问(那)神(神),
山(那)在水(那)在呀人常在,
咱二人甚时候把天地拜。

这首明显带有爵士布鲁斯节奏的民歌《一对对鸳鸯水上漂》,被苍郎唱得有点绝,以至你无法区分并将它归类于民歌或者流行歌曲。他的吐字,用的是地道的陕北土话;他高亢的嗓音中带点嘶哑,沾满了黄土味,是典型的信天游歌喉。最特别的是,陕北民歌中常见的大跳音程,被他运用了流行歌手惯用的"真假嗓"唱法,起承转合,委婉自如。那迷笛音乐制作,又糅进了吉他、钢琴等爵士乐的元素。

之后所唱《圪梁上的妹子》、《大炖羊肉离不了葱》两首歌,在保留了信天游风格的同时,大胆地采用了流行歌曲的唱法。

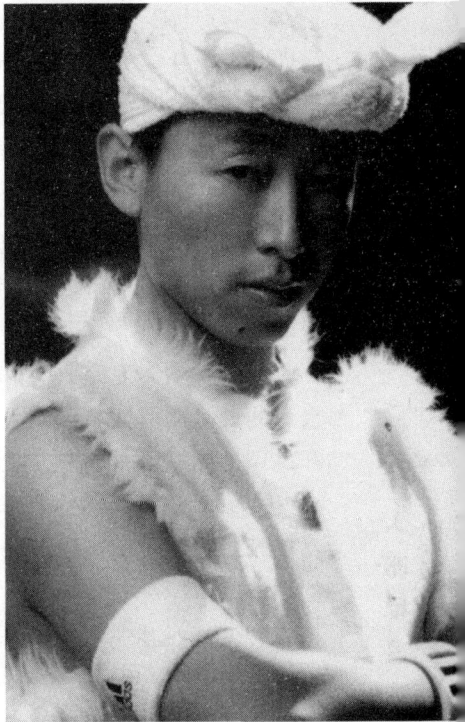

陕北青年歌手苍郎

山里人家　张少生 摄

我有点惊骇。苍郎竟敢对传统的陕北民歌进行肆无忌惮的"篡改"，并且发行唱片广为传播，他不怕被人扣上"不伦不类"帽子，并遭千夫所指骂他糟蹋陕北民歌，因为固守传统的陕北人的唾沫会淹死他。

这种创新，哪怕是一丁点儿，也是需要勇气的。为此他得到了不少音乐前辈的赞许。尽管他的"探索民歌"目前还没有得到音乐学概念上的肯定，但却打破了沉闷，为固守传统的陕北民歌带来了一股清新之风。这种走出传统规则篱笆外"散步"的探索，让人看到了陕北民歌未来的希望之光。

一个以歌为生的"西漂一族"，义无返顾地扛起了父辈们留下的文化遗产的大旗而勇往直前，他无意间代表了黄土地上年轻一代的民歌手，开始用文化思维的方式，在浮躁的年代中思考着陕北民歌的传承与未来，他用自己随时会被淘汰而丢饭碗的商演机会，探索着陕北民歌的出路。尽管他的实践还处在摸索阶段，或者说可能永远得不到黄土地上人们的认可。

我不禁对苍郎刮目相看。

我没想到，这个常年混迹于娱乐圈的年轻人身上，竟然有一种可贵的文化探索精神。受尽磨难的绥德汉苍郎，十几年前，身背一支萨克斯，扛着铺盖卷，带着明星梦，走进了茫茫戈壁滩。这一"漂"，竟然"漂"出了他的新人生。他依靠了自己的悟性和实力，在西安买了房娶了妻成了家。这位原来出没酒吧歌厅夜总会的"两栖"音乐人经历了"转型"后的第三年，在2007年陕西省民歌大赛上，夺得"首届陕西音乐奖"原生态民歌唯一的金奖，成为新一代陕北歌王。苍郎的出现，使得陕北民歌中又多了一个新名词:陕北谣曲。

在西安，我们见了面。

三十出头的苍郎，穿着唐装，衣着整洁，眉宇间有一股英气，身上散发出一种活力。这个常年"漂"在外的歌手，几乎没染上什么不良嗜好，不抽烟、不喝酒，文静中透出了点书生气。其实，艺人火不火一看就便知，行情全写在了脸上。看得出来，他最近混得还不错。苍郎让我想起了陕北俚语"米脂的婆姨绥德的汉，清涧的石板瓦窑堡的炭。"

有道是，米脂婆姨貌美四海皆知。而今，米脂的"优良品种"少了，当地有打油诗说:"米脂姑娘，国民党掠走了一批，共产党征兵走了一批，改

天朗地黄歌苍凉

革开放老板招走了一批,剩下的都是不能看的一批。"而绥德汉,又是另一番模样:高大英俊的体魄,敦厚豪迈有阳刚气,表面上温和中庸,骨子里倔强坚毅,有着很强的家乡观念和恋家情结。"三十亩地一头牛,老婆孩子热炕头",有此光景,就觉得自己是"财主"了。

我想象不出,苍郎从部队转业回去后怎么又离乡背井,成为"西漂一族"?我竭力想从他那小平头下的脸上,搜寻出"漂"的沧桑。

这年头,无数个揣有明星梦的年轻人,为了能在演艺圈里混出个人样,离乡背井,常年漂泊在外。皇城根下有"北漂一族",物欲横流之地广州有"南漂一族",古城西安有"西漂一族"。他(她)们浮沉在明星梦与生存线之间,出人头地,享受成功的滋味似乎成了所有出身寒微的"漂流一族"的最有激情的动力。他们忍受着心灵的痛苦与生活的磨难奋力打拼,每天以旺盛的精力,在充满险恶、竞争无序的娱乐圈里撞大运。他(她)们梦想着从金字塔底层的音乐茶座——小酒吧——演艺吧——夜总会,走向电视台晚会甚至演唱会的金字塔尖。

可怜的"漂流一族",哪知演艺圈内残酷的现实,谁都想成功,但谁都不清楚如何成功。那些成功的艺人,如同珍稀动物,毕竟只是少数。成功艺人不一定是最好的,但一定是运气最好的人。这

韩世忠——绥德人的骄傲　张少生　摄

迎春唢呐　田捷　摄

诱惑力太大了,那些还未享受到成功滋味、星运不佳的大多数"漂"者,唯一能做的是:努力加等待。因为,"有朝一日"总是出现在明天!

我们的谈话从他的名字开始了。

"苍郎是你的原名还是艺名,怎么想出起这个名字?"我问他。

"那是我自己起的艺名,苍代表沧桑,郎就是男子汉。苍郎:寓意一个沧桑的男人在一片沧桑的土地上唱着苍凉的歌。"没想到,他一开口,就幽了一默。

"你现在生活得怎样? 看上去,在众多漂在西安的歌手中,你好像还不错?"

苍郎笑而不答。

在前面某个章节里,我曾谈到"酒厂歌手"这份职业,成了一大批农村年轻人向往的职业。可要取得这个谋生机会,你必须要有一个好嗓子,一肚子的歌。这些年轻人在当地酒厂唱了几年歌积累了原始艺术资本后,视野开阔了,纷纷开始向大城市转移,于是,数以千计的新一代"雁行客"们,开始了"北漂"、"南漂"或"西漂"。而有的县,干脆将整个团队移师到西安等大城市,与星级酒店签约演出。而常年漂在西安的陕北歌手,就不在少数。从某种程度上来说,这加剧了演出市场"同室操戈"的竞争。

"在娱乐圈,要生存,就得不断地创作出新的节目,刺激客人新的兴奋点。这个行当,太残酷、很无情,你一偷懒就会被别人所取代。在这种竞争环境中,许多人撞南墙回头,碰鼻子拐弯都找不到出路,常常处于苦恼之中,有的借酒浇愁,有的一蹶不振。

"生活告诉我,一个艺人最大的压力就是你骗不了任何人,甚至自己。只有老老实实地接受事实。我呢,在陕北人中,还算是比较幸运的人。你想想,陕北有多少兄弟姐妹漂在外,可在西安能混出个人样的,也就是李政飞、李光明这么五六个人!"苍郎说。

"西漂一族"的生活,与辛酸、艰辛和流浪为伴。与许多"同是天涯沦落人"一样,这个绥德汉,在那不算长的人生经历中,有着说不尽的辛酸与磨难……

第二节

绥德生态区

到达天堂的道路必须经由炼狱穿过。但只有一直昂首向前的人才是征服苦难的英雄。

苍郎"西漂"生涯的第一站,是从他复员之地新疆开始的。

这个来自绥德农村的年轻人,1995年从部队背着行囊回到陕北老家时,他感到很失望,离家五年了,支离破碎的黄土高原依然还是那么贫瘠与贫穷。这与他眼中所见的大千世界相差甚远,回家的喜悦很快被一种悲凉情绪所覆盖。他看不清眼前自己还能有什么出路,犹如走入了一条漫长的黑暗隧道,不停地朝前走却总不见光亮。那一瞬间,他萌生了漂泊之念。

压年糕

陕北农村太苦了,苍郎想起了他那贫寒的家,一生含辛茹苦的母亲,父亲在镇上工商所工作,经常是一个月也回不了几趟家。家中五个孩子的养育、所有的农田活以及全家的生计,全部压在了羸弱的母亲身上。家中没有壮劳力,地里收成自然也少,在村里,他家生活过得很窘迫。苍郎记得,小时候吃饭时,母亲常将红薯分给他的两个弟弟,他和姐姐们在一旁瞪大眼睛,母亲剥下的红薯皮刚放桌上,几个孩子像饿狼扑食一样,伸手一抢而空。

　　每个月里,他们最盼望父亲回家,当父亲的身影出现在屹梁上时,早已伸长脖子等候的兄妹五人,拔腿飞奔了过去。因为每次父亲回家,总会带回一些城里的油饼。20世纪90年代中期的陕北农村"春风未度",还是那样穷困,对孩子们来说,吃上一个仅仅几毛钱的油饼,简直就是天下最美的美食了……

　　很多年后,苍郎为了感激母亲的养育之恩,他创作了一首陕北谣曲《老老歌》,后改名为《想起东方红》,竟然十分流行。在这首歌中,他深情地唱道:

　　　　小时候的广播重复着那首歌,
　　　　妈妈忙里忙外照顾着一家的生活,
　　　　小米稀饭让我懂得了珍惜生活,
　　　　母亲的艰辛让我奋斗拼搏。
　　　　……

　　话再说回来。复员回家呆了两个星期后,不甘受苦的苍郎,决意远赴新疆谋生。

　　他的战友来信,建议他到乌鲁木齐市郊的昌吉市去碰碰运气。在部队里当了几年文艺兵,苍郎学会了吹萨克斯。可他哪里知道,就他那两下子,吹几首简单的进行曲还凑合,要上夜总会吹浪漫乐曲挣钱,还真是不知天高地厚。

　　母亲噙着泪水,默默地为远行的儿子准备行囊,又举债为儿子借了4,000元盘缠。这年寒冬,苍郎踏上了"西漂"之旅。他从慈母千叮咛万嘱咐的话语中,知道了生活的艰难。

　　几天几夜的火车,再一次将他送到了风雪弥漫的戈壁滩,而这一次,他是独行天下,自我闯荡。

　　他背着沉重的行李来到了昌吉市。战友为他租了一间房,每月租金60元。天哪,这土坯房如何安身?屋顶稻草铺盖,门窗四面透风,室外零下几十度,室内没有炉子,人在屋里冻得瑟瑟发抖。这时的苍郎,兜里只剩下了1,000元钱。在西安,化了2,800元买了一支萨克斯管,再除去火车票等开销,仅剩这点活命钱了。

　　整整十几天,苍郎与他的战友骑着自行车跑遍了昌吉市大大小小十几家歌厅舞厅酒吧,可没有一家愿意要他。白天,满怀希望走出家门,到晚上,拖着疲惫身躯回到小屋中。屋里太冷了,他将所有的厚衣服穿在了身上,钻进被窝里,半夜又常常在睡梦中被冻醒。整整一个多月,他睡觉都不敢脱衣服。

　　身上所剩无几,工作又难找,每天还要支出,他只能勒紧裤带,生活简直一团糟。他一日三餐,以一杯开水和一元钱一块的干馕度日。这样的日子过了很久。直到有一天,他突然发现自己已整整一个星期没拉出屎了,有时候上茅房一蹲就是几个小时还未果。他急了,自己用筷子一点点抠,还是不行;塞肥皂头、吃泻药不管用。原来,肚子里长时期没进油水,肠子已经发干。他没钱上医院,就到药房找郎中。好心的郎中告诉他,这样那能行,长此以往,你的身体要出大问题的。苍郎害怕了,只得找小饭馆去补充些油水,几天后,这才度过了这场危机。

　　苍郎说到这段刻骨铭心的苦难岁月时,话语哽咽,潸然泪下。

　　生活,压得他喘不过气来。一位在歌厅里工作的萨克斯手觉得他太可怜了,私下决定为他提供登台练习的机会,但没有报酬。这个怜悯,对初闯江湖的苍郎来说,不失是个机会。一方面他可

"西漂歌手"苍郎

陕北腰鼓　张居琏 摄

以学到舞台经验,另一方面,他通过这儿可以认识很多新朋友。这年头,多一个朋友多条活路。

白干了半个多月后,机会终于来了。苍郎找到了第一份工作,每晚演出,报酬 25 元。这个天赐良机,使他拿到了第一个月的工资——750元钱。这为数不多的钱,似乎预示着苍郎的萨克斯演奏得到了娱乐圈的初步认可,更让他感到欣慰的是,他能够依靠这个行当生存了。

好景不长,生活刚刚有了点小起色后,娱乐市场开始不景气,在昌吉,他又失业了。苍郎来到了人海茫茫、举目无亲的乌鲁木齐市谋生。在那,他认识了乌鲁木齐市娱乐圈里的一个萨克斯高手,这哥们够义气,常常给他指点迷津。很快,他学会如何寻找这个大城市中最高档的娱乐场所,学会如何与老板谈价格,学会了如何赶场子。就这样,他一晚上赶三四场,最多一天能挣到 180 元,这对身无分文的苍郎来说,简直就是天上掉馅饼。

然而,娱乐圈很黑,充满了尔虞我诈。有一回,苍郎与市郊的一家高档歌厅老板谈妥去那赶场子,每晚吹两首曲子给 30 元。由于路较远,苍郎无钱"打的",只能骑着自行车前去。那些日子恰逢雨季,每天去演出的路上,都要碰上一场雨,浑身淋得像个落汤鸡。到了第十天,他前去结帐,老板已拍屁股走人了,店里的新老板对以前旧帐一概不认。可怜苍郎那 300 元血汗钱就打了"水漂"。他无奈地走出歌厅,心里恨得牙直痒痒,他说,那天,我满世界找那个老板,如果要让我遇上,我非宰了他不可!

在新疆,不知不觉一年半过去了。苍郎刚刚站稳脚跟,寻思着好好再干几年时,那知天有不测风云,"疆独"分子开始闹事,在乌鲁木齐市的公交车上放炸弹制造了血案。一刹那,所有的娱乐场所全空场了,娱乐业大萧条。他的美梦又被无情击碎。生活又没着落了,苍郎怀揣着积攒下的一千多元钱,卷起铺盖,再次回到陕北老家。

"听说你回老家后想去'北漂',以后怎么会又'西漂'了呢?"我问苍郎。

"从大西北漂泊回来,回家路上,越走越苍凉,越走越穷,我心里凉了半截。毕竟我在部队里呆了很多年,之后又在乌鲁木齐等大城市混了一段日子,见过世面,我无法忍受家乡的贫穷。

"于是，我又到了西安闯荡，有了新疆的娱乐圈经验，不久我在西安又站住了脚。我在高档娱乐场所"金色年华"驻场，每晚报酬40元。没多久，我买了一辆摩托车，到处赶场子，收入开始好了起来，攒下了万把块钱。没几年，我已经从娱乐圈的最低层，走到了嘉宾的地位。

　　"原来在娱乐圈里，最低档的是唱夜市，一首歌几元钱，然后再是音乐茶座、酒吧、演艺吧及夜总会，嘉宾算是最高的了。因为它有出场费，少则数百元，多则上千元。

　　"这时，我的思想起了变化。我对自己的萨克斯演奏水平、音乐素养开始不满意，觉得要出人头地，应该找一个专业老师好好学学。在这种思想的支配下，1999年夏天，我背着萨克斯，离开了西安到北京寻找我的爵士梦。很快，我就找到了我的第一个老师王彤。两个月后，我装了满满一脑子练习曲回到了古城西安，开始了我的苦练生活，可越是苦练越是摸不着头绪，无奈之下，第二年9月又一次踏上'北漂'的征途。

　　"这次的北京之行，可以说是破釜沉舟。我退掉了西安租的房子，把所有东西托运回陕北老家，揣着几年含辛茹苦积攒下来的所有卖艺所得，来到北京迷笛音乐学校准备长期战斗，跟随陆廷荃老师学习爵士萨克斯演奏。每天，我用十余小时苦练。功夫不负有心人，在一年时间内，我学完了两年的课程。

绥德一步岩蕲王庙牌楼

依　邵奇青　摄

"可是很快，我开始无力支付学费。因为学习堵塞了我的挣钱之路，没了经济来源，我靠什么生存？2001 年秋，我弹尽粮绝，只能卷起铺盖打道回府。

　　"回到西安后，生活一切又重新开始。命运之神开始向我伸出了援助之手，我一边挣钱，一边练习，后来还有了自己的爵士乐队，买上了好乐器，有了学生，有了房子……"

　　经过几年炼狱，苍郎已脱去浮躁、洗尽铅华，对自己有了清醒的角色定位。

　　"你是一个萨克斯手，怎么会转行唱起民歌来？"

　　"在娱乐圈时，我思考了陕北民歌与陕北人的生活与文化传承关系，感觉陕北民歌中，有强烈的生命意识，无意间使我产生出一种强烈的宿命感，我觉得我应该成为一个黄河流域民歌的诠释者，而不仅仅是个萨克斯手。

　　"2004 年底，是改变我生活轨迹的重要时期，我由一个职业萨克斯手过渡成了一个陕北民歌手。次年我的陕北民歌演唱专辑在全国上市。

　　"你知道，娱乐圈的艺人和民歌手是完全不同的概念，最大的区别在于：一个是纯娱乐性的，而唱民歌，是一种有艺术含量的文化行为。

　　"说起转行，我还真有点故事。虽说我土生土长在陕北，可从小对家乡的歌并不领情。记得早年在老家，总觉得陕北民歌不好听，太土。就是唱，也没有音乐学院出来的人唱得好、唱得那样专业。后来参军到部队，有时联欢会上领导让我唱陕北民歌，我就用普通话唱，生怕人家笑我土，笑咱陕北穷。所以，当了文艺兵后，我首选学习西方最洋的乐器萨克斯风，那声音又好听，舞台上一鼓鳃一晃悠，多牛啊！

　　"但是，随着对音乐理解的步步深入，直到有一天，我猛然发现了自己的无知。回头再听家乡的歌，我被震撼了，民族的瑰宝原来就在身边，我却视而不见。于是，从 2005 年起。我开始钻研和学唱陕北民歌。这些年中，我听了几乎所有职业陕北民歌手的演唱，也听了许多陕北民间艺人的演唱。比如府谷的老柴根，我就很崇拜他。可对陕北民歌的明天，我有些担忧！

　　"这个时代也不知道是怎么了，陕北的年轻一代喜欢家乡歌的人越来越少，老一代民间艺人逐渐离我们远去，后继乏人，陕北民歌的艺术格调在变异,那震撼人心的陕北特有的苍凉感,被日趋模式化的演唱所掩盖,让人担忧呀!它让我坐卧不宁。

"当我的第一张专辑《苍郎》出版后,即刻在网上引起争议,最让我震惊的是,有人评论我唱的民歌'像个陕北文化的白丁'。看到这个帖,我脸上一阵阵发烫,开始了冷静的思考,我觉得他骂得对,凭我当时对陕北民歌的了解,无疑就是个白丁。

"这一骂,骂出了我强烈的求知欲。当我再次走进生我养我的土地,听到那苍凉的民歌后,我为之着迷,迷得不能自拔,我开始走近它,走进我迷失多年的故土。我开始喜欢上清唱那些流传于民间的民歌,民间艺人成了我学习民歌的最好老师。我进步了!

"在前些日子的一次聚会中,有朋友赠我一幅字:'苍狼嗥 塞上风',这使我受宠若惊,因为它既是一种肯定,更是一种激励、一种期待。顿感复兴使命在肩。"

"你的演唱风格带有流行音乐的痕迹,你觉得流行音乐的经验对民歌演唱有帮助吗?"

"沧桑、豪放的演唱风格,是坎坷的经历与磨难造就的。我根据多年的现代音乐实践,将爵士乐、流行音乐的某种元素融合进陕北民歌,其实是一种新尝试。《一对对鸳鸯水上漂》就是例子;而《圪梁上的妹子》、《大炖羊肉离不了葱》等陕北

陕北民居 邵奇青 摄

绥德汉

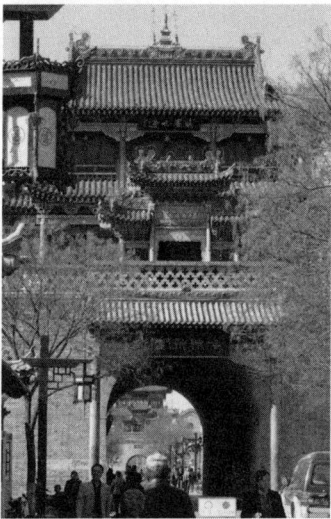

榆林老街 邵奇青 摄

民歌,我则基本采用流行唱法,我觉得陕北民歌不仅要表现浓浓的陕北情,更应该让人看到它勃勃生机中的一种自然美。"

"你的演唱风格,陕西音乐界一些前辈给予了你极大鼓励。可你是否知道创新之路其实很难走,既没有模式,又没有方向。也就是说,你的探索总会引起争议,有人赞成,有人骂娘,你自己感觉该怎么走下去?"我问苍郎。

"我能做的,只有学习学习再学习,把陕北民歌唱好!我想,我就是我,我仅仅是我,我并不能代表陕北民歌,我只是前进路上不懈的追求者、探索者。但我有自己的信念,我要把祖先的歌谣传遍天下……"

天朗地黄歌苍凉

第三节

西安邂逅苍郎，我陷入了沉思。

那是因为，这位让许多"正宗"陕北歌手不屑一顾的"漂泊歌手"，触动了我几年来陷入深思并为之堪忧的一个问题。伟大乐府中那感人至深的陕北民歌，会不会随着社会文明的进步而逐渐退化乃至失去了它固有的音乐特征？它究竟还能走多远？

我十分迷恋它的文化，并祈望用笔为之"摇旗呐喊"，可还是掩饰不住内心的惶恐不安。无疑，现今的陕北民歌，正濒临着新一轮的颓势和衰落。

那些经典老歌，在舞台上几十年来不断地被重复使用。尽管伟大的民间乐府中蕴藏有两万多首民歌，可那些年轻歌手一开口，唱来唱去的依然是"山丹丹开花满山多，一道道梁上全是妹妹"，陕北民歌似乎已"江郎才尽"，靠这么几十首歌在支撑着偌大的"门面"。这使我想起了一些世界老牌交响乐团，节目单中最重要的特征就是"常新"。哪一个交响乐团没有几十套保留曲目？而早被专家们定性为"唯一走向全国的陕北民歌"，发展传承的现状怎么如此令人担忧？

我的惶恐和担忧，随着在陕北大地上的深入行进而加深。人类文明的高度

《陕北民歌大全》　邵奇青　摄

陕北民歌手李汉致　田高阳　摄

发展，正在迅猛地冲击与跌宕着陕北高原上残存的原始文明。

如今在陕北，已经很少见头扎羊肚手巾三道道蓝，身穿羊皮坎肩的汉子，那只有在舞台上，作为陕北人的"专利"被不断地出现。在县城的大街上，你已经很少能见到陕北毛驴拉车，而一辆辆价值数百万、连大城市里的人都忍不住回头看上几眼的国际稀罕顶极品牌车，从你身边疾驶而过；在生活中，已经看不见"水格灵灵"的陕北女子的长辫子，而组成现代色彩画面的是身穿牛仔裤露脐装、染着黄发、两耳塞着MP3的时髦女子一个个神情自若地从你身边走过；即便是老汉、打工仔，身上无一都有现代文明的标记——手机，尽管有的可能很廉价。

那个因"圣人布道此处偏遗漏"而形成的独特黄土文化和那淳朴的、原始的以及闪烁着光辉的人性，能在现代化行进的脚步中保留吗？

世道变了。为生计而"走西口"已成为历史遗存，黄河船夫的消失也使得"劳动号子"成了文化馆的馆藏，陕北人赶牲灵出远门、骑骡马娶新娘的情景，已经成了信天游中的记忆，那回荡在沟壑崂梁上的情歌，已不再需要遮遮掩掩而失去了以往的深情。歌声中，那苍凉感在消失，那庄户人用几代苦难作为成本而形成"野、真、辣、朴、酸"的信天游，正在被标签式的歌词以及甜润的嗓音所替代。陕北民歌走向两极分化：一方面，专业音乐工作者挖掘、整理以及不断地进行二度创作，使它向高水准发展；另一方面，在民间它却无可奈何地日渐走向衰落甚至消亡……

陕北民歌哟，你经历了三次辉煌后，还能否再度辉煌并且靠什么再辉煌？

如果仔细分析一下，我们便可得知，历史上陕北民歌每个兴盛时期，都有一种推力在起作用。其一是上世纪30年代到1949年前，陕北产生了一批有深远影响的如《拥军花鼓》、《南泥湾》、《东方红》、《三十里铺》等革命民歌，其重要的推力是延安的"新秧歌运动"，一批出色的音乐家们运用了"陕北元素"，改编和创作出了新民歌，第一次将陕北民歌推向全新高度。

之后从解放初期到上世纪70年代中期，优秀民歌《兰花花》、《翻身道情》、《山丹丹开花红艳艳》等歌曲的出现，掀起了又一轮陕北民歌热潮。重要的是，这一时期出现了一批优秀的民间歌手如马子清、李治文、贺玉堂等，他们所创造的纯真、原汁原味的演唱风格，又一次凸现了黄土天籁的魅力。这些既是演唱者、创作者，又是传播者的民间艺人，使陕北民歌在全国得到了空前的传播，然而，它在经历了崭新历史阶段后开始再度沉入谷底。

历史进入了20世纪80年代中期后，电影《人生》、《黄土地》又唤醒了陕北民歌。作曲家们大量运用"陕北元素"为影视作品进行的二度创作，极大丰富了它的新艺术内涵，留下了一首首脍炙人口的好歌。它借助了影视手段推波助澜而又一次兴盛。很快，通俗歌坛随之刮起的"西北风"来势凶猛，这股推力，将陕北民歌作了一次前所未有的流行化、通俗化，并且随着电声娱乐设备的流行而家喻户晓。"西北风"孕育出了新一代的陕北民歌迷，达到了空前的流行。之后很多年，电视剧《血色浪漫》又加入……

当今社会文化的多元化，欣赏口味的改变，已使许多全国古老的戏种濒临危机，也使原生民歌走向衰落与消亡，陕北民歌能幸免吗？

答案并不乐观。前不久在陕西发生的一件事，证实了我的担忧。有报道说，2008年央视"青歌赛"，陕北选手李光明在最后战线上唱完了最后一曲《上一道道坡坡下一道梁》后走向了最后"塌方"。至此，陕西军团全面覆没。连续几届"青歌赛"遭遇"滑铁卢"，这使得陕西乡党对一向引以为豪的陕北民歌的现状产生了怀疑，它原有的价值和光芒还存在吗？不少有识之士痛定思痛，开始反思。

陕北民歌手胡英杰（右）

陕北民歌手杨进山（右）

人们众说纷纭：选送的歌手整体过于土,跟不上时代感;作品选择过差,差不多都老掉牙。陕北民歌传唱了几十年,曲目、造型以及形式,都落入了俗套。陕西省音协党组书记尚飞林指出了问题的关键："太土太丑,包装策划没新意！"他说："现在陕北民歌的状态是,在选曲、唱法等方面还不够'土'(指原生),在舞台造型、编排等方面又显得太'土'。问题在于,过去马子青、王向荣等几代民歌手,都是在民间学习、锻炼出来的,而现在的很多年轻歌手,都是跟着录音机学民歌,在情感的体验、对民间文化的理解上存在着很大问题。"

　　还有人说,现在的歌手有四缺："缺历练、缺真情、缺生活、缺理解！"只有经历了陕北最贫苦的生活,亲身体会了陕北民歌独特的文化内涵的歌手,才会有出色的表现。还有,几十年来一成不变的陕北民歌,歌曲唱来唱去就那几首,形象还保持在解放前,不要说歌手找不到感觉,就连评委也找不到感觉。陕北民歌走到今天,已是危机重重,不创新不行了。拯救原生态陕北民歌,出路只有深入民间采风,从民间固有的特色中寻找新元素,创造新亮点,把老歌唱出新特色来。

　　说到老歌要唱出新特色,我们就不能回避创作与歌手。

　　经过音乐家们加工而成的陕北民歌,曲调融入了音乐的规范,歌词主流已基本远离了苦情、离情和恋情,大都被贴上了革命性、歌颂性很强的时代标签。这就不可避免带来了负效应,那就是陕北民歌中最精彩、最闪光的原始淳朴,以及非常有人性的东西,逐渐开始退化,尽管它在很长一段时间内才显现。新时期的民歌歌词,已经跨越了陕北,从一定程度上来说,淳朴的成分少了,现代意识多了。失去了原有的"野、真、辣、朴、酸"。从某种意义上来说,就像动物园中人工圈养的老虎,失去了大自然中的野性。

　　不能不提及的是,过去活跃在陕北的农民歌手,自编、自唱,大多是个多面手,而现代的歌手,已经成为一个"拿来主义者",陕北民歌这一源于农民生活、反映农民生活的民间艺术,现在正在被年轻民歌手机械式、模仿性地演唱所替代并成了主流。一个陕北民歌根基很深的县的文化官员对我说："现在年轻人口味变了,流行音乐大受追捧。就是唱民歌,也掺和进了流行味。传统意义上的陕北民歌备受冷落,出现了断层和失落,甚至存在着从社会文化生活中逐渐消失的危机。现在仅仅在农村,还保留着淳朴的民歌,这朵中国民歌艺术奇葩,正在失去生存和发展的土壤。"

历史,会造就使命的承担者。在一批年轻陕北歌手中,有人在思索。苍郎便是其中一个,他就有着坚定的目标。

"我不赞成歌手都通过参加比赛的方式来证明自己的才华,关键看你的目标是什么。现在的歌手,许多人都只是看到陕北民歌表面的东西,而我要挖掘的是它深处的、根基的东西,那里有精华所在。这就不能有一颗浮躁的心,要潜下心来沉下去,才能做好音乐。"苍郎说。

陕北民歌经历了代代传唱,已经形成了独特的艺术形式。它那朴实的语言,粗犷自由的节奏,诗一般的韵律,有很强的感染力和艺术价值,就像陕北大地下蕴藏的资源,有着侏罗纪时代的历史沉淀。

不同历史时期的民歌,有不同的艺术特点,苍郎正是意识到这一点,将其与自己的人生经历恰如其分地结合了起来,把自己的心声用民歌的形式倾诉出来,这正是造就一名成功歌手的根基。

伟大的乐府,蕴藏着无穷的宝藏,只有深入挖掘,它才能重新散发出时代的光辉。

浮躁时代,需要有一副清凉剂,需要有像苍郎那样脑子清醒的一批年轻歌手,去承担陕北民歌复兴的使命。

周恩来总理与陕北民歌合唱队员在一起
王梅 供稿

王震副主席接见陕北民歌手李治文
杨飞 摄

后　记

完成这部书稿后，我长长舒了一口气，天晴了！

几个月来，埋头写作，心中总觉阴霾重重，眼前一片漆黑而不见光明。我这写作习惯让家人很受累，一段时间以来，她们见我总躲得远远的，生怕无端遭我一通叱呵。我不知道别人写作时的心情又如何，神经会不会痉挛？尤其是那些大作家们，是否会像伟大的钢琴家阿劳那样，琴凳边放上一把枪，无论谁打扰了他练琴，就毫不犹豫扣动扳机空放一枪，以示愤怒。

写作，是件最令人痛苦的事。当你的内心世界被某种玄妙的意境刺激、碰撞而引起强烈共鸣时，冲动携着动笔的渴望忽然而至，那种急于想要表达，却又无法准确捕捉心际飘忽激荡的感觉时，痛苦，会让你坐立不安，会变着法儿使劲折磨着你，以至我感觉此时像头困兽，在笼子中焦躁不安，不时发怒。于是我对家人说，这段时间，请不要把我当正常人看，因为我的脑子只有一半正常，另一半里一定有水。

家人笑了。

痛苦虽然很折磨人，但写作过程中有甜蜜，有回味，有刺激。人有时是个"贱骨头"，需要这种痛苦来折磨。然而一旦完成了案头工作或将付诸铅字，兴奋点也就随之消失了。

打住，话题还是回到报告文学《天朗地荒歌苍凉》上吧。

说实话，这部书能得以完成，首先要感谢周一波先生。因为2003年初秋我与他在上海邂逅之后，才有了如今的故事。

那年秋天，他因公务到上海，我在黄浦江边的上海大厦里见到了他。我依稀记得，第一次交谈，我们的话题是从文化开始的。令我没想到的是，一个地级市市委书记的本色，竟然是墨客，文学、音乐、书法、国画他都涉猎，而且还是个颇有成就的书法家。特别是他从小学音乐以及对音乐的那种挚爱，还有自我奋斗的经历，一下子使我们找到了同龄人的感觉而拉近了距离。

那晚,我们交谈甚欢,有些相见恨晚。一波先生邀我几个月后在榆林见。

2003年深秋,我第一次走进了榆林。我被黄土地震撼了。蓝天、黄土以及陕北那特有的苍凉,构筑出中国民族音乐史上一个伟大的乐府。那些流传在世的一首首经典陕北民歌,成了黄河文化和黄土地文化的灵魂,中华民族的绝唱。它代表着中华民族的精神,代表着一种普遍的文化认同性,具有永恒的艺术魅力。那一刹那间,我的思维中出现了奇妙的"闪电",因为信天游,我喜欢上了黄土地。以至在几年中,我鬼使神差般十数次走进榆林。

一波先生为我的首次来访作了精心周到的安排。我们一行,到了绥德、米脂、神木、府谷、佳县等地考察参观。新闻界的同行们,面对神秘的黄土地,个个兴奋不已,在不经意间,感觉它的醉人与伟大。

我们的潜意识里,有太多的电影蒙太奇镜头……黄土高原千沟万壑,支离破碎,风卷黄沙直扑窑洞,黄土高坡一望无际,身穿羊皮坎肩、头扎羊肚巾的西北汉子扯着拦羊嗓子朝天吼:"信天游,不断头,断了头,无法解忧愁……"那歌声回荡在深谷高崖千沟万壑中,嘶哑的嗓音中沾满了千年的黄土味。长烟竿、小毛驴、破牛车还有窑洞门前成串的玉米棒,构成了千年黄土地的贫瘠、荒凉、愚昧、落后的印象画,那里的人们仿佛还生活在一个世纪前,他们的生存环境与社会进步有着天壤之别。打开电视机,许多沾上黄土地的电影和电视剧,似乎都试图告诉你一个真实的西部,除了贫穷,就是黄土沙海,还有撩人的神秘。

显然,眼前的长河落日、大漠晚霞的美景,以及"西气东输、西电东送、西煤东运",大漠中的高速公路、大型热电厂、油气田、国家级的化工基地、现代化的露天大煤矿……让我看到了西部正在跟上时代脚步的另一面。

文学构思的产生,和闪电的产生一样,有时需要碰撞和刺激。

我惊讶我在榆林怎么会源源生出灵感,有动笔的强烈冲动和渴望?以往到过很多地方,有些地方还不止去一次,却找不到感觉,什么文字也没留下;可有些地方,虽然贫穷,但去了还想再去,莫非这黄土地与我生命中某些东西有着某种必然的联系?与这块土地碰撞,那构思和闪电就在思想、感情和记忆的意识里留下火花的种子?

我深切感谢这块土地给予我的灵感。在榆林,往往有时我听到的一句话、看到的一个景或者耳闻某件事,火花就擦出灵感。我想,这些年,我公开发表在报刊杂志上有关黄土地上的人和事的散文、报告文学等已不少,而灵感,全出自于这儿。

榆林,我服了!

当然,我在黄土地上所有灵感的产生,首先关键在于一波先生将我领进了榆林,其次,也受到他的文化观念的感染。

本书从构思到写作的几年中,我数次上榆林,而每一次,一波先生都给了我最大最有力的支持,正因为有了他的支持,才使得我顺利地完成了这部书的创作。在此,我愿借此机会,再一次向一波先生致敬,并表示深切的谢意!

当然,这部书的完成,我还得要感谢我的许多榆林朋友,因为,这里面有他们的辛劳。

2003年深秋我到榆林后,有幸认识了当时的榆林市委常委、宣传部长、现任榆林市委副书记邢解放,还有原市委宣传部副部长、现任榆林市人大常委会秘书长陈保平,以及榆林市文化文物局局长李博。令我感动的是,在本书写作的几年中,我每次上榆林,他们即便政务繁忙,也都亲自陪同我下乡采风。特别是邢解放副书记,亲自过问、安排我下乡的每一件事,为我提供了采访、采风中的一切便利条件。就这样,几年来,我们之间建立了深厚的友谊,他们,已经将我当成了"新榆林人"。还有新任榆林市委常委、宣传部长钱远刚先生,虽然我与他接触时间不长,但他那种对文化的挚爱、对这块土地的挚爱,以及他的才气和对事业的忠诚,深深地打动了我,同样,他也给了我很多支持与帮助,在此,我一并表示感谢。

其实在榆林,他们都是位高权重一方的官员,正是他们的那份真诚,才使得我并没有把他们当作官员而是哥们、好朋友看待。因为在他们身上,我看到了陕北人是一个淳朴的整体,就像我在书中写道:

"音乐与人性是最相通的。

很多次到陕北,冥冥之中就是想寻找一种东西:为什么这块贫瘠的土地上,会产生那么多感人的、有着非常人性的东西?我想从民间音乐中去寻找。因为那方土、那些人、还有那些歌,总是给我带来灵感的

天朗地黄歌苍凉

惊喜。"

一本书的出版,凝集了多少人的智慧与辛劳?

在此,我还要感谢音乐前辈、陕西省艺术研究所研究员刘均平老先生。说实话,这部报告文学,如果没有他的鼓励、没有他的指点,我是断然不敢下笔的。当书稿的二校样出来后,他正好在上海,我请他留了下来,专门为我审阅书稿。接连几天,老人家在宾馆里,戴着老花镜逐字逐句、认真仔细地通读了几遍。这位曾任《中国民间歌曲集成·陕西卷》等重大音乐出版项目的主编,为我指出了不少理论上的差错,并对某些章节的写作提出了建设性的意见,这才使我一颗原本惶恐不安的心放了下来。在此,我向刘均平老先生表示深深的敬意!

要感谢的人太多了!

我的榆林哥们,靖边县委宣传部副部长、摄影家田捷,在得知我的书要出版的消息后,将他的上千张有关黄土地的历史、民俗、风景照片,全搬到了我面前,他说:"你尽管挑,需要什么拿什么,我无偿提供!"还有,那些在我下乡采风时一次次陪同我以及为我辛勤服务的朋友们,他们,为我付出了很多很多!

我衷心地向他们以及所有为此付出辛劳的朋友表示深深的感谢!

书要出版了,我期望凝聚着很多人努力所铸成的这本书,能有幸得到读者的认可,因为,那将是我对他们——我的朋友们最好的回报!

施雪钧

2008 年 6 月 18 日凌晨 2 点 55 分写于上海

附录：陕北民歌歌词选

01. 老祖宗留下个人爱人(雒翠莲 唱)3'30"

六月的日头腊月的(那)风,老祖宗留下个人爱人。
三月的桃花满山山红,世上的(那)男人就爱女人。
天上的星星配对对,人人(那)都有一个干妹妹。
骑上(那)骆驼风头头高,人里头数上(那)咱二人好。

02. 夫妻逗趣①(榆林小调·李治文 唱·采风录音)0'58"

说你(了)邋遢(哟)真邋(咿得儿)遢,
白(个)生生(那)白脸脸(那么)有点(上)麻子疤,娃他妈。
麻子(了那个)疤来(哟)你怕(咿得儿)啥,
你给妹妹买洋粉(那么),妹妹能擦它,娃他大②。
说你(了)邋遢(哟)真邋(咿得儿)遢,
口里面(的个)又长了一对大(哟)板牙,娃他妈。
大板(了那个)牙来(哟)你怕(咿得儿)啥,
你给妹妹买西瓜(那么),妹妹能溜它,娃他大。
① 小调,一般都为男女对唱。
② 方言,即父亲。

03. 垂金扇(胡英杰 唱·采风录音)3'24"

(略)

04. 十对花(小调·王向荣 郭云琴 唱·采风录音)4'55"

(略)

05. 想情郎(陕北碗碗腔·白秉权 唱)3'58"

杏花村(哎哎那衣呀那)有个姑娘名叫彩霞,

彩霞她会种地又会绣花，
绣得那人会笑，水会流，绣得那鸟会飞，鱼儿会游。
张彩霞(哎呀衣呀哈那)把绣花线手中拿，
不知在手帕上该绣些什么？
一不能绣那送子菩萨，二不能绣那富贵奢华。
左思(那)右想，彩霞把主意拿，绣一幅农村的新图画。
天空的彩霞放红光，河岸上坐一位好姑娘，
姑娘两眼把河水望，鱼儿笑眼望姑娘。
树上的喜雀喳喳叫，它笑姑娘想情郎。
你问这画儿叫什么名？你问这姑娘的名和姓？
姑娘名叫张彩霞，画儿叫小妹想情郎。

06. 劝世人(打坐腔·丁喜才 唱·采风录音)0'57"

劝世人，莫要在粉窑里面行，纸糊的(那个)桥梁走不成，
上去就是(那个)闪人的坑，
(哎嗯哎哎嗨哟)上去就是闪人的(嗨嗨)坑。

07. 九连环(耍丝弦·吴春兰 唱·采风录音)6'16"

奴的(个哟哟哎)郎(的个咿儿的哟哎哎咿儿咿儿哟哎)。
情人(的哟哎)送奴一个九连(的)环，(哎哎)九(呀)九连环，
双双手儿解不开(哎哎)，
拿上个刀儿割(哎)，割(哟哎哎)割(哟哎哎)割(呀是)不断(哎呀是
咿得儿哟哎得儿哟)。
是何人(哟哎)解开奴家九连(的)环，(哎哎)九(呀)九连环，
奴家与他配夫妻(哎哎)，
奴是一个女(哎哎)，他是(哎哎)一个(哎哎)男(呀是)男子汉(哎呀
是咿得儿哟哎得儿哟)。
哥哥(的哟哎)住城(一个)莫住(的)关，(哎哎)莫(呀)莫住关，
虽然家下离不远(哎哎)，
离也是离不远(哎)，关上(哎哎)城门(哎哎)难(呀是)难相见(哎呀
是咿得儿哟哎得儿哟)。

雪花(那个)飘,飘来飘去三尺高,三尺寸尺高,
飘下一个雪美(的)人,搂抱奴怀中,
怀(呀是哎嗨),怀(呀是哎嗨)怀(呀是)怀中抱(哎呀是唧得儿哟哎
得儿哟)。

08. 一把拉住哥哥的手(山曲·王向荣 唱·采风录音)0'47"

一把把拉住(呀)哥哥你的手(哎),
止不住这伤心泪,
一道一道一(个)道道(扑啦啦啦啦)往下流。

09. 艰难不过庄稼汉(孙长贤 唱)3'08"

红(格)丹丹的日头照山(儿)畔,(啊呀)艰难呀不过庄稼汉。
土疙瘩瘩林里刨光景,汗水流到(那)脚后跟。
白日里(那个)苦水直流干,(哎呀)到晚上抱上婆姨当神仙,(哎嗨嗨
哎嗨嗨)当神仙(哎)。

10. 上山打一个莲花落(信天游·冯怀清 唱·采风录音)0'43"

上山山打一个莲花落(耶),穷光景我实实地难熬。
回家我住的一个烂窑窑(哎),没有衣穿又没(那)柴烧。

11. 大红果子剥皮皮(雒翠莲 唱)2'36"

大红果子剥皮皮,人家都说我和你;
本来咱们两个没关系,好人就担了一个赖名誉。
米脂的婆姨绥德的汉,清涧的石板瓦窑堡的炭;
世上的男人千千万,依我看,这位那大哥你最好看。
花雀雀落在(个)黄蒿林,二不楞子后生(是)跟一群;
死皮赖脸说长短,挨刀子货,我看他们不像些正经人。
米脂的婆姨绥德的汉,清涧的石板瓦窑堡的炭;
世上的男人千千万,依我看,这位(那)大哥你最好看。
大红果子剥皮皮,人家都说我和你;
本来咱们俩没关系,砍脑鬼,好人就担了一个赖名誉。

这位大哥你笑嘻嘻,好像到那里见过你;

只要大哥你不嫌弃,我看咱干脆拜成一个干兄妹。

三月的桃花努嘴嘴,剥了皮皮流水水;

咱二人相好一对对(依儿呀),你看这日子(呀)美不美。

12. 赶牲灵①(信天游·白秉权 唱·采风录音)1′44″

走头头的(那个)骡子(哟)三盏盏(得那个)灯②,

(哎哟)戴上(得那个)铃子(啰)哇哇(得那个)声。

白脖子的(那个)哈巴③(哟)朝南(得那个)咬,

(哎哟)赶牲灵(得那个)人儿(哟噢)过(呀)来(那个)了。

你若是我的哥哥(哟)招一招(那个)手,

(哎哟)你不是我的哥哥(哟噢)走你的(那个)路。

① 即牲口。

② 在陕北赶牲灵至少是四头骡子,最前面的叫走头骡子,装扮比较考究,通
   常在笼套的两耳间扎上三颗红缨缨,下端镶着三面铜镜,在太阳光下如
   同三盏灯。

③ 即哈巴狗。

13. 兰花花(沙莎 唱)3′23″

青线线(儿的那个)蓝线线(儿),蓝(格)英英的彩,

生下一个兰花花实实地爱死(个)人。

五谷里(那个)田苗子(儿)唯有高粱高,

一十三省的女儿(哟)数上(那个)兰花花好。

一对对(的那个)鸭子(儿)一对对(的)鹅,

兰花花我硷畔上照①哥哥。

我见到我的情哥哥有说不完的话(呀),

咱们两个死活(哟)常在一搭。

① 方言,了望、看望的意思。

14. 光棍哭妻(小调·郝玉成 唱·采风录音)1′12″

正月里来(呀)锣鼓响,锣鼓敲得(咱)好不心焦,

有老婆的人你们是真热(这)闹,没老婆的人儿灰燥燥①。

我说我的孩儿的娘哟。

二月里来(呀)是春分,咱妻儿丢下(呀)两条棍,

我有心上(的)娶老婆,一对对的孩儿谁照应?

我说我的孩儿的娘哟。

① 方言,可怜的意思。

15. 扛上土枪打游击(龚林娜 唱)2'31"

百灵子鸟儿满天(楞登儿)飞,我的(那)哥哥参加了游击队。

沙滩上(的那个)走路雪地(的那个)上睡,辛苦不过咱游击队。

打倒了(的那个)土豪分田地,扛上土枪打(哈哈)游(呵哦呵)击。

风吹叶儿沙沙响,游击队忽拉拉过了山梁。

漫山遍野红旗扬,榆木炮打得敌人无处藏。

"叭啦鞭儿"机枪叭啦啦啦啦响,游击队把敌人消灭光。

咱们的游击队打了胜仗,我给游击队哥哥把胜利的歌儿唱。

16. 赶骡子(小调·郝玉成 唱·采风录音)1'50"

太阳高高照,照到了树梢,

二八佳人大门外面瞧,

瞧见了,看见了,山上过来了花花轿。

轿里个女子长得好,

活灵灵眼睛弯眉毛,

红丹丹口唇赛樱桃,

黑油油头发梳了个俏,

白生生脸儿抿嘴笑。

盘着腿,弯着腰,

坐在轿里她摇几摇,

走得快来这快快摇,

走得慢来这慢慢摇,

忽闪忽闪好像水上飘。

怪是怪,巧是巧,

耳边又听见个骡子叫,

串铃子响,骡子叫,

赶骡子的人儿过来了。

头上又戴毡的帽子,

身上又穿袍子褂子,

腰里一尺花花带子。

头骡子高,二骡子骚,

空中那鞭子绕几绕,

就地打起个花花哨,

头骡就把二骡靠。

靠了姑娘的花花轿,

惹得姑娘叽儿咕儿叽儿咕儿笑,

格登儿格登儿上了代州一座桥。

17. 打樱桃(二人台·孙子宽 唱)2'35"

阳婆(嘞)婆上来丈二(呀)高,

风尘尘不动(哎勒哎嗨)天(呀)天气好。

(哎嗨哟)引(嘞)上妹妹(哎哟)去打樱(嘞哎嗨)桃。

红(格)丹丹的阳婆满(呀)满山照,

手(嘞)提上篮子(哎嘿嘿嘿)抿呀抿嘴嘴笑。

(哎嘞哟)跟上哥哥去打樱(嘞哎嗨)桃。

站在(的那个)坡上瞭(呀)瞭一个瞭,

瞭不见那山长(嘞)着好樱桃。

(哎嗨哟)咱两人相跟上走上走上那一遭(哎)。

18. 你妈妈打你你给哥哥说(信天游·马子青 唱·采风录音)1'28"

你妈妈打你你给哥哥说,为什么要把洋烟喝?

我妈妈打我我无处说,因此上才把洋烟喝。

我妈妈打我不成才,露水地里穿红鞋。

19. 三十里铺(雒翠莲 唱)3'28"

提起个家来家有名,家住在绥德三十里铺村;

四妹子和了一个(那)三哥哥,他是我的知心人。
三十里铺来遇大路,戏楼子拆了(呀)修马路;
三哥哥今年一十九,咱们两人没盛够①。
洗了个手来和面面,三哥哥吃了(呀)上前线;
任务派在那定边县,三年二年不得见面。
叫一声凤英你不要哭,三哥哥走了(呀)回来哩;
有什么话儿你对我说,心里(呀)不要害急②。
三哥哥当兵坡坡里下,四妹子碥畔上灰不塌塌③;
有心再拉上两句知(那)心话,又怕人笑话。

① 盛,方言,即住的意思。
② 即着急。
③ 同碱。

20. 走西口①(信天游·马子青 唱·采风录音)1'05"

哥哥(哟)走西口,妹妹(呀)犯了(这)愁,
提起哥哥(哟)走西口(哎),妹妹(呀)泪长流。
哥哥(哟)走西口,妹妹(呀)送你(这)走,
手把上(的那个)手儿(哎),送出(来就)大门口。
送出(来就)大门口,妹妹(这)不丢手,
有两句(的那就)知心话(哎),哥哥你记心头。

① 西口指内蒙古西部的河套地带。

邵奇青编辑整理